Mr Parker Pyne

*Collection de romans d'aventures
créée par Albert Pigasse*

Agatha Christie

Mr Parker Pyne
Douze nouvelles

Nouvelle traduction de Robert Nobret

ÉDITIONS DU MASQUE
17, rue Jacob, 75006 PARIS

Titre original :

PARKER PYNE INVESTIGATES

L'épouse mûrissante
The case of the middle-aged wife

L'officier en retraite
The case of the discontented soldier

Une jeune femme aux abois
The case of the distressed lady

Le mari mécontent
The case of the discontented husband

L'employé de bureau
The case of the office clerck

Le cas de la femme richissime
The case of the rich woman

Êtes-vous sûre qu'il ne vous manque rien ?
Have you got everything you want ?

La porte de Bagdad
The gate of Baghdad

La maison de Shiraz
The house of Shiraz

La perle de grand prix
The pearl of price

Mort sur le Nil
Death on the Nile

L'Oracle de Delphes
The oracle at Delphi

© 1932, 1933, BY AGATHA CHRISTIE MALLOWAN
ET LIBRAIRIE DES CHAMPS-ÉLYSÉES, 1967.
© 2002 AGATHA CHRISTIE LTD, A CHORION COMPANY. All rights reserved.
© LIBRAIRIE DES CHAMPS-ÉLYSÉES, 1992.
pour la nouvelle traduction.

*Tous droits de traduction, reproduction, adaptation,
représentation réservés pour tous pays.*

1

L'ÉPOUSE MÛRISSANTE
(The Case of the middle-aged Wife)

Quatre ou cinq grognements inarticulés, une voix indignée marmonnant qu'on se demandait vraiment pourquoi les gens n'étaient pas fichus de ficher la paix aux gens, une porte qui claque... Mr Packington venait de partir en tempête histoire de sauter quand même à temps dans le 8 h 45 pour Londres.

Mrs Packington resta assise, sans bouger, à la table du petit déjeuner. Une vive rougeur lui marbrait le visage. Elle pinçait les lèvres. Et, si elle ne pleurait pas, c'est qu'en elle la colère avait remplacé le chagrin.

— Je n'accepterai jamais ça ! s'écria Mrs Packington. Jamais je n'accepterai ça !

Elle continua à broyer du noir pendant un bon moment, avant de siffler entre ses dents :

— La garce !... La sale petite chatte en chaleur !... Mais qu'est-ce que George peut bien lui trouver ?...

Sa colère s'apaisa, et le chagrin la reprit. Elle se mit à pleurer, et de grosses larmes roulèrent bientôt sur ses joues un peu rebondies de femme mûrissante.

— C'est bien joli, murmura-t-elle, de dire que je n'accepterai jamais ça, mais qu'est-ce que je peux bien y faire ?

Elle se sentait soudain seule, désemparée, à bout. Machinalement, elle prit le quotidien qui traînait sur la table et relut, en première page, une annonce qui avait déjà attiré son regard :

— Grotesque ! dit tout haut Mrs Packington. Tout ce qu'il y a de grotesque.

Puis elle ajouta :

— Après tout, qu'est-ce qui m'empêche de...

Ce qui fait qu'à 11 heures du matin, Mrs Packington, un peu nerveuse, était introduite dans le saint des saints, à savoir le bureau de Mr Parker Pyne.

Si elle ne dissimulait pas un certain désarroi, Mrs Packington se trouva quelque peu rassérénée à la seule vue de son interlocuteur. Assez enveloppé — pour ne pas dire corpulent —, il possédait un profil de médaille sous un crâne dégarni, et cachait derrière d'épaisses lunettes de petits yeux pétillants.

— Asseyez-vous, je vous en prie, dit Mr Parker Pyne. Est-ce mon annonce qui vous amène ici ?

— Oui, se borna à répondre Mrs Packington.

— Et vous n'êtes pas heureuse, constata Mr Parker Pyne d'un ton chaleureux. Bien peu de gens le sont. Vous seriez surprise du petit nombre des gens heureux.

— Ah bon ? glissa courtoisement Mrs Packington, à qui il importait peu de savoir si les autres étaient heureux ou pas.

— Je sais parfaitement que cela ne vous intéresse pas, reprit Mr Parker Pyne, mais, pour *moi*, c'est très intéressant. Voyez-vous, j'ai passé trente-cinq années de ma vie à établir des statistiques pour le compte de l'Etat. Et quand est arrivé l'âge de la retraite, l'idée m'est venue de mettre à profit mon expérience dans ce domaine, mais d'une manière totalement différente. Ma théorie est d'une extrême simplicité. Les causes du manque de bonheur peuvent être classées en cinq catégories principales. Pas une de plus, je vous l'assure. Or connaître la cause d'une maladie, c'est être à même d'y porter remède.

» J'agis comme ferait un médecin. Un médecin qui commence par diagnostiquer le trouble dont souffre son malade, puis prescrit un traitement. Certes, il est des cas où quelque traitement que ce soit ne servirait à rien. Quand cela se présente, j'avoue tout net mon impuissance. Mais je puis vous donner l'assurance, Mrs Packington, que lorsque j'accepte de traiter un cas qui m'est soumis, la guérison est quasi garantie.

« Dois-je le croire ? se demanda Mrs Packington. Me débite-t-il un tissu de sornettes, ou est-il réellement sérieux ? » Etonnée, mais habitée par l'espoir, elle ne le quittait pas des yeux.

— Voulez-vous mon diagnostic ? sourit Mr Parker Pyne.

Il s'étira un peu dans son fauteuil et, gardant les mains écartées, joignit le bout de ses doigts :

— Votre problème est d'ordre conjugal. En gros, jusqu'à présent, vous avez été assez heureuse en mariage. Votre mari, je pense, a bien réussi dans la vie. Mais il me semble qu'une jeune femme est maintenant en cause... Selon toute probabilité, une jeune femme qui travaille avec votre mari...

— Une sténodactylo ! cracha Mrs Packington. Une sale petite garce tartinée de maquillage qui lui promène sous le nez son rouge à lèvres, ses frisettes et ses bas de soie !...

Mr Parker Pyne hocha la tête d'un air plein de compréhension :

— « Il n'y a pas là de quoi fouetter un chat. » C'est du moins, j'en suis convaincu, ce que clame votre mari à tous les échos.

— Exactement. C'est ce qu'il me débite du soir au matin. Mot pour mot.

— Pourquoi, par conséquent, ne pourrait-il pas faire bénéficier cette jeune personne de son amitié toute platonique et apporter un peu de gaieté, un peu de joie, dans son existence si terne ? La pauvre petite, elle a si peu d'occasions de s'amuser... Tels sont, j'imagine, les sentiments de votre mari.

Mrs Packington hocha la tête non sans exaltation :

— Quelle blague !... Il ne raconte que des blagues !... Il l'emmène faire du canotage. Moi aussi, j'aime le canotage. Mais, il y a cinq ou six ans, il m'a expliqué que cela l'empêchait de faire du golf. Seulement, pour *elle*, il peut lâcher le golf !... J'aime aussi beaucoup le théâtre, seulement George a toujours dit qu'il était trop fatigué pour sortir le soir. Et maintenant, elle, il l'emmène danser... *Danser !*... Je vous demande un peu !... Et il rentre à des 3 heures du matin !... Je... Je...

— Et, sans l'ombre d'un doute, il s'insurge contre la jalousie des femmes — leur jalousie d'autant plus dévorante qu'elle est hors de propos ?

Mrs Packington acquiesça une nouvelle fois :

— C'est cela même.

Puis, amère, elle ajouta :

— Comment donc savez-vous tout ça ?

— La statistique, madame, dit-il sobrement.

— Je suis si malheureuse, enchaîna Mrs Packington. Pour George, j'ai toujours été une bonne épouse. Quand nous avons débuté dans la vie, je me suis tuée à la tâche, je me suis mise en quatre pour lui. Je l'ai aidé à faire son chemin, sa carrière. Je n'ai jamais levé les yeux sur un autre homme que lui. Ses vêtements sont entretenus à la perfection. Je lui cuisine de bons petits plats. Je suis une maîtresse de maison comme il n'y en a pas deux, et économe en plus. Et maintenant que monsieur est enfin « arrivé », que nous pourrions souffler, prendre un peu de bon temps et faire tout ce dont j'ai rêvé pendant des années... Eh bien, voilà ce qui me tombe dessus...

Elle avala sa salive avec difficulté. Mr Parker Pyne la fixa avec le plus grand sérieux :

— Je vous garantis que je comprends parfaitement votre problème.

— Et... pouvez-vous... faire quelque chose ? murmura-t-elle.

— Certainement, chère madame. J'entrevois un traitement. Oui, un excellent traitement.

— De quoi s'agit-il ? interrogea-t-elle pleine d'espoir, les yeux écarquillés.

— Vous devrez me faire pleinement confiance.

Quant à mes honoraires, ils s'élèveront à deux cents guinées, dit-il froidement.

— Deux cents guinées !...

— Tout juste. Ces honoraires sont à la mesure de vos moyens, Mrs Packington. Cette somme, vous la débourseriez sans broncher si vous deviez subir une opération chirurgicale. Or le bonheur est tout aussi important que la santé physique.

— Je devrai vous régler, j'imagine, en fin de traitement ?

— Au contraire. Vous me les payerez d'avance.

Mrs Packington se leva :

— Je ne vois pas comment je pourrais...

— ... Acheter chat en poche ? demanda, jovial, Mr Parker Pyne. Peut-être avez-vous raison. C'est prendre un risque sur une grosse somme. Mais il est impératif que vous me fassiez confiance. Il vous faut payer... et tenter votre chance. Sur ce point, je suis inflexible.

— Tout de même, deux cents guinées !...

— Eh oui, deux cents guinées. C'est beaucoup d'argent... Bonne journée, Mrs Packington. Si vous changez d'avis, prévenez-moi.

Il lui serra la main, souriant, tranquille comme un pape.

Dès qu'elle fut sortie, il pressa sur son bureau la sonnette d'appel. Sa secrétaire, une jeune femme à lunettes, d'aspect austère, entra :

— Vous ouvrirez un dossier, je vous prie, miss Lemon. Et vous direz à Claude que j'aurai probablement besoin de lui très vite.

— Une nouvelle cliente ?

— Une nouvelle cliente. Pour le moment, elle renâcle, mais elle va revenir. Cet après-midi probablement, vers 4 heures. Inscrivez-la.

— Module A ?

— Module A, bien entendu. C'est fascinant de voir à quel point chacun juge son problème exceptionnel... Oui, oui, avertissez Claude. Dites-lui de ne pas faire dans le genre trop exotique. Qu'il ne force pas sur l'eau de toilette, et qu'il se fasse couper les cheveux plutôt court.

L'après-midi même, à 4 heures et quart, Mrs Packington pénétra pour la seconde fois dans le bureau de Mr Parker Pyne. Elle tira son chéquier de son sac, et lui tendit un chèque. Il lui remit un reçu.
— Et maintenant ? demanda Mrs Packington, pleine d'espoir.
— Et maintenant, sourit Mr Parker Pyne, vous allez rentrer chez vous. Demain, à la première heure, vous recevrez par la poste des instructions auxquelles je vous saurai gré de vous conformer.
Mrs Packington regagna son domicile dans un état d'esprit où l'espérance le disputait à une certaine béatitude. Mr Packington, lui, rentra sur la défensive, prêt à recommencer la scène du petit déjeuner. Il fut soulagé de se découvrir une épouse d'humeur pacifique. Il la trouva même étrangement rêveuse.

George écouta la radio tout en se demandant si la chère petite Nancy, dont il connaissait la fierté intransigeante, l'autoriserait à lui offrir un manteau de fourrure. Il ne voulait pas qu'elle se sente vexée par le cadeau qu'il envisageait. Pourtant, elle s'était plainte du froid. Son pauvre manteau de tweed n'était que de la camelote — il n'aurait même pas réchauffé un pain de glace. Peut-être pourrait-il s'y prendre avec tant d'adresse qu'elle ne se fâcherait pas...
Il fallait qu'il passe très vite une autre soirée avec elle. C'était un vrai plaisir d'emmener une jeune fille comme elle dans un restaurant élégant. Comment ne pas apprécier les regards envieux d'hommes plus jeunes que lui... Elle était ravissante comme le sont peu de filles... Et puis elle l'aimait beaucoup. A ses yeux, lui avait-elle affirmé, il n'avait pas l'air vieux du tout.
George releva la tête et croisa le regard de sa femme. Il se sentit tout aussitôt coupable, ce qui l'exaspéra. Vraiment, ce que Maria pouvait avoir l'esprit étroit !... ce qu'elle pouvait être mesquine et possessive ! Elle voulait le priver de la moindre parcelle de bonheur...
Il coupa la radio et partit se coucher.

Le lendemain matin, Mrs Packington reçut deux lettres inattendues. La première, un imprimé, confirmait un rendez-vous pris avec une esthéticienne de renom. La seconde lui annonçait un rendez-vous chez un couturier. Par une troisième, qui ne la surprit pas, Mr Parker Pyne lui présentait ses hommages et lui faisait part de son souhait de la retrouver pour déjeuner au *Ritz*, le jour même.

Pendant le petit déjeuner, Mr Packington laissa entendre qu'un dîner d'affaires le retiendrait tard dans la soirée. Mrs Packington, l'esprit ailleurs, se contenta d'un hochement de tête indifférent. Mr Packington s'en fut, tout heureux d'avoir échappé à l'ouragan.

L'esthéticienne abonda en jugements définitifs. Madame, déplorait-elle, n'avait pris aucun soin d'elle-même, on se demandait bien *pourquoi*. Elle aurait dû se confier à une spécialiste depuis des années. Mais, fort heureusement, il n'était pas trop tard...

Des mains diligentes s'emparèrent du visage de Mrs Packington. On le pressa, on le malaxa, on l'hydrata. On le couvrit d'argile, puis de crèmes diverses. On le poudra jusqu'à la racine des cheveux. Et avec la même diligence, on apporta les indispensables touches finales.

Quand tout fut fini, on lui passa enfin un miroir :

« J'ai vraiment l'air *beaucoup* plus jeune », pensa-t-elle.

Son rendez-vous chez le couturier la rajeunit plus encore. Quand elle en sortit, elle se sentait chic, élégante, à la mode.

A 1 heure et demie, Mrs Packington fit son entrée au *Ritz*. Mr Parker Pyne se signalait par un costume d'une coupe sans défaut. L'air benoît, rassurant, il l'attendait.

— Vous êtes superbe, dit-il en la scrutant de la tête aux pieds d'un œil de vieux connaisseur. J'ai pris la liberté de vous commander un White Lady.

Mrs Packington n'avait guère eu l'occasion de se familiariser avec les cocktails. Elle ne fit cependant aucune objection. Et pendant qu'elle dégustait à petites gorgées l'enivrante mixture, elle prêta une attention soutenue à la voix enveloppante de son thérapeute :

— Voyez-vous, Mrs Packington, disait Mr Parker Pyne, il faut que vous *épatiez* votre mari. Que vous *l'épatiez*, vous voyez ce que je veux dire ?... Et, pour nous assister dans cette tâche, je m'en vais vous présenter l'un de mes jeunes amis. C'est d'ailleurs avec lui que vous déjeunerez.

A cet instant précis apparut un jeune homme qui regarda autour de lui. Apercevant Mr Parker Pyne, il s'approcha de leur table avec un sourire engageant.

— Mr Claude Luttrell, présenta Mr Parker Pyne, Mrs Packington.

Mr Claude Luttrell n'avait guère plus de trente ans. Elégance irréprochable, bonnes manières, il était, en outre — ce qui ne gâche rien —, d'une extrême beauté.

— Ravi de faire votre connaissance, murmura-t-il.

Trois minutes plus tard, Mrs Packington, assise à une petite table pour deux, découvrait son nouveau mentor.

Au début, elle se sentit un peu intimidée, mais le délicieux Mr Luttrell ne tarda pas à la mettre à l'aise. Il connaissait Paris comme sa poche, et ses séjours sur la Riviera ne se comptaient plus. Il demanda à Mrs Packington si elle aimait danser. Elle lui répondit qu'elle adorait cela, mais qu'elle n'en avait plus guère l'occasion : son mari n'aimait pas sortir le soir.

— Il faut être un monstre pour oser cloîtrer une femme comme *vous* ! s'écria Mr Luttrell, dans un sourire qui découvrit une double rangée de dents éblouissantes. Les femmes d'aujourd'hui ne tolèrent plus la jalousie masculine.

Mrs Packington fut à deux doigts de préciser que la jalousie masculine, en l'occurrence, n'était pas en cause. Mais elle se retint. Après tout, cette façon d'envisager les choses lui mettait du baume au cœur.

Claude Luttrell évoqua les boîtes de nuit en vogue. Et il fut bientôt décidé que, le lendemain soir, Mrs Packington et Mr Luttrell honoreraient de leur clientèle le célébrissime *Rien d'un Ange*.

Mrs Packington ressentait quelque angoisse de devoir annoncer ce projet à George. Il le trouverait extravagant, et — qui sait ? — ridicule. Mais il lui épargna tout embarras. Elle n'avait pas osé le lui dire au petit déjeuner, mais, à 2 heures de l'après-midi, un message téléphoné lui apprit que Mr Packington serait retenu en ville pour le dîner.

La soirée fut très réussie. Jeune fille, Mrs Packington avait été bonne danseuse et, sous la conduite experte de Claude Luttrell, elle n'eut aucune peine à s'initier aux rythmes les plus récents. Il la complimenta sur sa robe et sur sa coiffure — le matin, rendez-vous avait été pris pour elle chez le coiffeur dernier cri. En lui disant au revoir, il s'inclina pour un baisemain qui l'émut jusqu'au fond de l'âme.

Dix jours étourdissants suivirent. Ce ne fut que déjeuners, thés, tangos, dîners, soirées de danse, petits soupers... Mrs Packington n'ignora bientôt plus rien de l'enfance malheureuse de Claude Luttrell, des circonstances tragiques dans lesquelles son père avait perdu toute sa fortune, de l'échec du grand amour de sa vie, et des sentiments amers qu'il nourrissait à l'égard des femmes en général.

Le onzième jour les trouva sur la piste du *Vulcain*. Mrs Packington repéra son époux avant qu'il ne l'ait vue. George était accompagné de sa favorite. Ils dansaient eux aussi.

— Bonsoir, George, dit Mrs Packington, enjouée, quand les hasards de la danse amenèrent les deux couples côte à côte.

Elle éprouva un vif amusement à observer le visage de son mari rougir d'abord, puis virer à l'écarlate. A sa surprise s'ajoutait très visiblement une expression de culpabilité.

D'être en la circonstance maîtresse de la situation réjouit Mrs Packington. Maintenant assise à sa table, elle regardait le couple. Pauvre vieux George !... Il était gros... Il était chauve... Il se dandinait de manière ridicule... Il y avait vingt ans qu'on ne dansait plus comme cela... Oui, pauvre George !... A force de vouloir paraître jeune, il en devenait pathétique... Et cette malheureuse gamine avec laquelle il était en train de se trémousser en cadence devait faire semblant de trouver cela agréable. Elle avait posé la tête sur son épaule, et, comme il ne pouvait plus voir son visage, elle affichait clairement son ennui...

Mrs Packington jugea sans conteste sa propre situation plus enviable. Elle jeta un coup d'œil à Claude — cette perfection faite homme ! — qui, plein de tact, ne soufflait mot. Comme il la comprenait bien !... Il ne la contredisait jamais. Alors qu'un mari, après quelques mois de mariage, ne peut s'empêcher de contredire sa femme...

Elle leva la tête. Leurs regards se croisèrent. Il sourit. Et ses superbes yeux noirs, si pleins de mélancolie, si romantiques, plongèrent tendrement dans les siens.

— Si nous dansions encore ? souffla-t-il.

Ils retournèrent sur la piste. C'était le paradis sur terre !...

Elle savait que le regard de George — un regard de chien battu — ne les quittait pas. Elle se souvenait que l'idée de Mr Parker Pyne avait été de rendre George jaloux. Mais que tout cela paraissait loin !... Elle n'avait plus envie d'exciter la jalousie de George. Cela risquait de le mettre sens dessus dessous. Pourquoi diable le mettre sens dessus dessous, le pauvre chou ?... Tout le monde était tellement heureux...

Mr Packington était rentré chez lui depuis une heure déjà quand sa femme arriva à son tour. Il avait l'air abasourdi, égaré.

— Hum..., remarqua-t-il. Te voilà de retour.

Mrs Packington prit le temps de déposer le manteau de soirée qu'elle s'était offert, le matin même, pour quarante guinées :

— Hé oui, sourit-elle.

— Euh..., toussota George, ça m'a fait un drôle d'effet de te rencontrer là-bas.

— Ah bon ?...

— Je... Enfin, j'avais pensé que ce serait gentil pour cette fille de la sortir un peu. Elle a plein de problèmes, chez elle. Je pensais... que ce serait gentil, tu vois...

Mrs Packington hocha la tête. Pauvre vieux George... Elle le revoyait en train de se dandiner sur la piste, suant, soufflant, et si content de lui...

— Qui est ce type qui t'accompagnait ? reprit-il. Je ne crois pas le connaître.
— Il s'appelle Luttrell. Claude Luttrell.
— Où l'as-tu rencontré ?
— Je ne sais plus qui nous a présentés...
— A ton âge, ça ne fait pas très sérieux d'aller danser le soir dans une boîte... Ce serait dommage de te couvrir de ridicule...

Mrs Packington esquissa un sourire. Elle se sentait trop remplie d'indulgence à l'égard du monde entier pour lui répliquer que lui-même...
— Un peu de changement, c'est toujours salutaire, se borna-t-elle à dire.
— Méfie-toi quand même. Ce genre d'endroits fourmille de jolis cœurs aux charmes tarifés, de « petits mecs » qui vivent aux crochets des rombières... Et, quand la quarantaine arrive, les femmes font quelquefois n'importe quoi... Je veux juste te mettre en garde, ma pauvre vieille... Je ne voudrais pas que tu fasses des bêtises...
— Moi, je trouve que ce type d'exercice me fait un bien fou, répliqua-t-elle.
— Oui... Peut-être...
— J'espère que c'est pareil pour toi, ajouta-t-elle, gentiment. L'important, c'est d'être heureux, pas vrai ?... Je me rappelle que tu m'as dit ça il y a une dizaine de jours, au petit déjeuner.

George Packington lança à sa femme un regard aigu, mais dénué de toute ironie. Elle bâilla :
— Il faut que j'aille me coucher. Oh ! George, à propos, je me suis laissée aller à quelques dépenses extravagantes ces derniers temps. Tu vas recevoir des factures épouvantables. Mais je sais que tu n'es pas regardant, n'est-ce pas...
— Des factures ?... s'alarma Mr Packington.
— Oui. Je n'avais plus rien à me mettre... Et puis je me suis fait masser... Et puis le coiffeur... Je reconnais que j'ai un peu exagéré... Mais comme je sais que tu n'es pas regardant.

Elle monta à sa chambre. Mr Packington demeurait bouche bée. Sa femme n'avait pas fait la moindre histoire à propos de la soirée. Elle avait paru n'y attacher aucune importance. Mais c'était quand même incroyable qu'elle se mette tout d'un coup à jeter l'argent par les fenêtres !... Maria, ce parangon d'économie !...

Ah, les femmes ! pensa George. Le frère de Nancy venait d'avoir de gros ennuis... Il n'avait été que trop heureux de donner un coup de main, mais... Et pour couronner le tout, les affaires marchaient mal...

Avec un gros soupir, Mr Packington s'engagea à son tour dans les escaliers pour gagner son lit.

Il arrive qu'on ne prête attention que plus tard à des phrases que l'on a à peine entendues. Ce n'est que le matin suivant que Mrs Packington prit conscience de ce que son mari lui avait dit la veille.

Jolis cœurs aux charmes tarifés... Femmes dans la quarantaine... Rombières... Se rendre ridicule...

Mrs Packington ne manquait pas de courage. La réalité ne lui faisait pas peur. Un gigolo... Grâce à la presse, elle n'ignorait rien des gigolos... Rien, non plus, des comportements des rombières...

Claude était-il vraiment un gigolo ?... Oui, probablement. Mais on paie pour les gigolos, alors que Claude payait tout. Enfin... C'était Mr Parker Pyne qui payait, pas Claude... Ou, pour tout dire, c'était ses deux cents guinées...

Et, elle-même, était-elle atteinte du syndrome de la quarantaine ?... Et Claude Luttrell se moquait-il d'elle quand elle avait le dos tourné ?... Cette seule pensée la fit frémir.

Et alors ?... Claude n'était qu'un gigolo... Et elle avait la quarantaine bien sonnée... Elle pensa qu'elle lui devait bien un cadeau. Un étui à cigarettes en or, ou quelque chose du même genre...

Elle n'hésita pas une seconde. Elle s'en fut droit chez Asprey et, en moins de deux, l'étui à cigarettes fut choisi et acheté. Elle avait rendez-vous avec Claude, au *Claridge*, pour déjeuner.

Pendant qu'ils prenaient leur café, elle sortit le paquet de son sac :

— Ce n'est qu'un petit cadeau, murmura-t-elle.

Il la fixa, les sourcils froncés :

— Pour moi ?

— Oui. Je... J'espère que ça vous plaira.

Claude Luttrell saisit l'objet avec une telle violence que ses jointures blanchirent. Et il le posa sans douceur sur la table :

— Pourquoi m'avez-vous donné ça ?... Je n'en veux pas. Reprenez-le... Reprenez-le, je vous dis !

Il était furieux, et la colère rendait ses yeux plus noirs encore.

— Je vous demande pardon, eut-elle la force de murmurer avant de remettre le petit paquet dans son sac.

L'harmonie s'était envolée. Ce jour-là, il n'y eut plus entre eux que malaise.

Le lendemain, il l'appela au téléphone :

— Il faut que je vous voie. Je peux venir chez vous cet après-midi ?

Elle lui répondit qu'elle l'attendait à 3 heures.

Il arriva blême, tendu. Ils se saluèrent sans chaleur. Tous deux s'assirent, moins que jamais à leur aise.

Soudain, il bondit de son fauteuil et lui fit face :

— Vous me prenez pour qui ?... C'est ça, ce que je veux savoir... Nous avons été bons amis, n'est-ce pas ?... Oui, bons amis... Mais ça n'empêche pas que vous me preniez pour... pour un gigolo... Un homme qui vit aux crochets des femmes... Un joli cœur aux charmes tarifés... C'est ce que vous pensez, j'en suis certain...

— Non !... Non !...

Du geste, il balaya ses protestations. Il était plus blême encore :

— Si, c'est ce que vous pensez. Eh bien, c'est vrai !... C'est ça que je suis venu vous dire. C'est vrai !... On m'a donné l'ordre de vous sortir, de vous distraire, de vous faire la cour, de vous aider à ne plus penser à votre mari. C'est mon métier. Un sale métier, hein ?...

— Pourquoi me dire tout cela ? demanda-t-elle.

— Parce que j'en ai assez. Parce que je ne veux pas continuer. Pas avec *vous*. Vous êtes... différente des autres. Vous êtes le genre de femme que je pourrais croire, en qui je pourrais avoir confiance, que je pourrais aimer sans arrière-pensée... Vous vous imaginez peut-être que ce ne sont que des mots... Que ça fait partie de votre arrangement avec Mr Parker Pyne...

Il se rapprocha d'elle :

— Je veux vous prouver que c'est faux. Je lâche tout... A cause de vous... Je vais enfin me conduire en homme, et arrêter d'être l'individu méprisable que je suis pour vous...

Tout à coup, il la prit dans ses bras, et posa ses lèvres sur les siennes. Puis il se recula :

— Adieu... J'ai toujours été un minable... Mais je vous jure que ma vie va changer. Vous vous rappelez... Un jour, vous m'avez dit que vous adoriez lire les petites annonces du courrier du cœur... Chaque année, au jour d'aujourd'hui, vous y trouverez un message de moi, qui vous dira que je n'ai pas oublié et que je vais bien. Vous comprendrez alors ce que vous avez été pour moi. Une chose encore... Je n'ai rien accepté de vous, mais je voudrais que vous conserviez quelque chose qui vienne de moi.

Il tira de son annulaire un anneau d'or tout simple :

— C'était l'alliance de ma mère. J'aimerais que vous la gardiez... Et, maintenant, adieu...

Il partit. Elle resta, interdite, l'alliance à la main.

George Packington, ce soir-là, rentra tôt. Sa femme avait pour la flambée dans la cheminée un regard lointain. Elle accueillit son retour avec joie, mais en pensant évidemment à autre chose.

— Ecoute, Maria, jeta-t-il, en ce qui concerne cette fille...

— Oui, chéri...

— Je n'ai jamais voulu te faire de peine. Il n'y a jamais rien eu de sérieux.

— Je sais. Je me suis conduite comme une idiote. Vois-la tant que tu veux si cela peut te rendre heureux.

Ces quelques mots auraient dû rasséréner George Packington. Au contraire, ils lui causèrent le plus vif désagrément. Quel plaisir peut-on trouver à sortir une fille quand c'est votre propre épouse qui vous y pousse ?... Que diable, où étaient donc passées les convenances ?... Ces derniers temps, George s'était vu sous les traits d'un joyeux drille, d'un amant fougueux, capable de jouer avec le feu. Ce portrait flatteur s'effaça d'un seul coup. George Packington, soudain, se sentit las. Par-dessus le marché, il n'avait plus un sou en poche. Cette petite garce de Nancy l'avait mis sur la paille.

— Nous pourrions peut-être partir ensemble quelques jours, suggéra-t-il timidement.

— Ne t'inquiète pas pour moi. Je suis très bien comme je suis.

— Mais, moi, j'ai envie de t'emmener en voyage. Nous pourrions aller sur la Côte d'Azur.

Mrs Packington adressa à son mari un sourire lointain.

« Pauvre vieux George, pensait-elle. Je l'aime bien. Il fait vraiment ce qu'il peut. Mais il y a dans ma vie un merveilleux secret. Pas dans la sienne... » Elle lui sourit encore, plus tendrement cette fois :

— Ce serait merveilleux, mon chéri.

Mr Parker Pyne discutait finances avec miss Lemon :
— Frais engagés ?
— Cent deux livres, quatorze shillings et six pence.

A cet instant, Claude Luttrell entra dans le bureau. Il avait la mine sombre.

— Salut, mon cher Claude, dit Mr Parker Pyne. Tout s'est bien terminé ?

— Je crois que oui.

— L'alliance ?... A propos, qu'est-ce que vous y aviez fait graver ?

— « Matilda, 1899 », répondit-il, lugubre.

— Très bien. Et, pour le message personnel, qu'est-ce que vous avez convenu ?

— « Tout va bien. Je n'oublie pas. Claude. »

— Veuillez noter, je vous prie, miss Lemon. Courrier du cœur. Chaque 9 novembre pendant... Voyons... Nos frais s'élèvent à cent deux livres, quatorze shillings et six pence... Oui, pendant dix ans... Cela nous laissera un bénéfice net de quatre-vingt-douze livres, deux shillings et quatre pence... Dans les normes... Tout à fait dans les normes...

Miss Lemon sortit du bureau.

— Ecoutez, éclata Claude Luttrell, je n'en peux plus ! Tout ce truc est répugnant !...

— Voyons, mon garçon...

— Répugnant, vous dis-je. Cette femme était quelqu'un de vraiment bien. Ça me rend malade d'avoir dû lui débiter tous ces mensonges, de lui avoir monté tout ce mélo !...

Mr Parker Pyne rajusta ses lunettes sur son nez et porta sur Claude Luttrell le regard détaché d'un savant :

— Allons bon ! dit-il, soudain sévère. Je ne crois pas me souvenir que votre conscience ait jamais été troublée le moins du monde tout au long de votre mirobolante carrière... Quand vous étiez sur la Côte d'Azur, vous avez mené de front quelques liaisons qui n'étaient pas absolument désintéressées... Et la façon dont vous avez exploité Mrs Hattie West — vous vous souvenez : la femme du roi des concombres de Californie — se signalait par une rapacité plus que prononcée...

— Eh bien, ce n'est plus pareil, grommela Claude Luttrell. Je trouve tout ce truc abominable.

Mr Parker Pyne prit l'attitude d'un principal de collège en train de réprimander l'un de ses élèves préférés :

— Vous venez d'accomplir une action des plus méritoires, mon cher Claude. Vous avez donné à une femme malheureuse ce dont chaque fille d'Eve a besoin : un souvenir de rêve... Une passion véritable ne fait aucun bien à une femme, et peut même lui faire beaucoup de mal. Mais elle peut vivre pendant des années sur un beau souvenir. Je connais la nature humaine, mon cher garçon, et je puis vous dire que le souvenir de son idylle avec vous illuminera la vie de Mrs Packington pendant de longues années.

Il toussota, et reprit :

— En ce qui concerne Mrs Packington, nous avons accompli notre mission de la manière la plus satisfaisante.

— Eh bien, moi, murmura Claude Luttrell, ça ne m'a pas plu.

Et il sortit en claquant la porte.

Mr Parker Pyne attira à lui son bloc-notes et écrivit :

« Intéressante résurgence de la conscience morale chez un gigolo patenté. A étudier de près. »

2

L'OFFICIER EN RETRAITE
(The Case of the discontented Soldier)

Hésitant, le major Wilbraham relut une fois de plus l'annonce parue dans le journal du matin qui l'avait amené devant la porte du cabinet de Mr Parker Pyne. Elle était brève :

Il respira à fond, puis poussa brusquement la porte battante et entra dans la réception. Penchée sur sa machine à écrire, une jeune femme assez quelconque lui lança un coup d'œil interrogateur.

— Mr Parker Pyne ? demanda le major en rougissant.

— Par ici, s'il vous plaît.

Il la suivit jusqu'à un bureau où Mr Parker Pyne en personne l'accueillit, affable :

— Bonjour. Asseyez-vous, je vous en prie. Et maintenant, si vous me disiez en quoi je puis vous être utile ?

— Je m'appelle Wilbraham...

— Major ? Colonel ?

— Major.

— Bien ! Et vous venez de rentrer de l'étranger, non ? Indes ? Afrique de l'Est ?

— Afrique de l'Est.

— Très belle région, paraît-il. Donc, vous voilà de retour au pays... et c'est justement là que le bât blesse. Je me trompe ?

— Non, c'est exactement ça. Mais... comment le savez-vous ?

Mr Parker Pyne leva la main d'un geste évasif.

— Ça, c'est mon métier. J'ai passé trente-cinq ans à étudier des statistiques dans un bureau ministériel. Et quand j'ai pris ma retraite, j'ai décidé de mettre cette expérience en pratique de manière originale. C'est très simple : les raisons que l'être humain peut avoir de ne pas se sentir bien dans sa peau se répertorient en cinq catégories, comme les doigts d'une main, pas plus, je vous l'assure. Et, une fois le diagnostic établi, le choix du remède ne pose guère de problème.

» Je suis dans la position du médecin. Tout médecin commence par déterminer le mal de son patient pour ensuite lui prescrire un traitement. Il est certes des cas désespérés, je déclare alors forfait sans détour. Mais si je décide de m'occuper de quelqu'un, je me porte pratiquement garant de sa guérison.

» A l'heure de la retraite, quatre-vingt-seize pour cent des bâtisseurs d'empire — comme j'aime à les appeler — sont malheureux, croyez-moi. Leur vie active, pleine de responsabilités et même de dangers, ils la quittent pour se retrouver avec *quoi* ? Des moyens restreints, un climat maussade et l'impression désagréable d'être comme un poisson hors de l'eau.

— C'est tout à fait ça ! intervint le major. C'est l'ennui que je n'arrive pas à supporter. L'ennui et les interminables querelles de clocher à propos de tout et de rien. Mais que faire ? J'ai bien quelques économies, ma pension. Je possède un joli cottage près de Cobham, d'accord. Mais je ne vais tout de même pas me mettre à chasser le lapin ou à pêcher le gardon ! Je suis célibataire. Mes voisins sont tous bien gentils. Mais quant à ce qui se passe en dehors de ce bled, ils s'en fichent royalement.

— Bref, vous trouvez la vie insipide, conclut Mr Parker Pyne.
— Bigrement insipide.
— Vous aimeriez qu'elle soit plus excitante, voire plus dangereuse ? insista Mr Pyne.
— ... Or, ce n'est pas possible dans ce fichu pays ! ajouta le militaire avec un haussement d'épaules.
— Excusez-moi, objecta Mr Pyne très sérieusement : Londres peut être dangereuse et excitante, encore faut-il bien la connaître. Vous ne voyez que le côté calme et agréable de notre bonne vieille Angleterre. Mais elle a une autre face, et celle-là, si vous le voulez bien, je peux vous la faire découvrir...

Le major Wilbraham le considéra avec attention. Il avait quelque chose de rassurant, ce Parker Pyne. Enrobé, pour ne pas dire gros, la tête bien proportionnée, chauve, le maintien imposant, des petits yeux clignotant derrière des verres épais, il se dégageait de lui une sorte d'aura qui invitait à la confidence.

— Mais je dois vous prévenir, poursuivit Mr Pyne : cela n'est pas sans risque.

Le regard du militaire se mit à briller.

— Aucun problème, dit-il. (Et, sans transition :) Et vos... honoraires ?

— Mes honoraires ? Cinquante livres payables d'avance, précisa Mr Pyne. Mais si dans un mois vous n'êtes pas débarrassé de votre ennui, je vous rembourse.

Wilbraham réfléchit, puis :

— Correct, dit-il enfin. Je suis d'accord. Je vous signe un chèque.

Une fois l'affaire conclue, Mr Parker Pyne pressa le bouton d'une sonnette placée sur son bureau.

— Il est 1 heure de l'après-midi. Et je vais tout d'abord vous prier d'inviter une jeune femme à déjeuner. (La porte s'ouvrit.) Ah ! Madeleine, ma chère, je vous présente le major Wilbraham qui va vous emmener déjeuner.

Wilbraham cilla quelque peu — et on peut le comprendre : la fille qui venait d'entrer était une brune langoureuse avec des yeux magnifiques bordés de longs cils noirs. Son corps était splendide. Sa bouche écarlate lui donnait un air sensuel. L'élégance exquise de ses vêtements rehaussait sa silhouette ondulante. Elle était parfaite de la tête aux pieds.

— Euh... très heureux... ! bafouilla-t-il.
— Miss de Sara, compléta Mr Pyne.
— Comme c'est gentil à vous... ! susurra la belle Madeleine de Sara tandis que le major l'entraînait vers la porte.
— J'ai pris vos coordonnées, vous recevrez demain matin de plus amples informations, major, lança Mr Pyne.

Madeleine revint à 15 heures.
— Alors ? lui demanda Mr Pyne.
— Pas question : je lui fais peur, il me prend pour une vamp.
— Ça ne m'étonne pas. Vous avez bien suivi mes instructions ?
— Tout à fait. On s'est mis à discuter sur les personnes installées aux autres tables. Son type, ce sont les petites blondes anémiques aux yeux bleus.
— Ça doit se trouver, répondit-il. Sortez-moi le classeur B et montrez-moi ce que nous avons en stock.

Il se mit à promener l'index sur une liste et finit par pointer un nom.
— Freda Clegg, oui, elle devrait parfaitement faire l'affaire. Pour ce genre de problème, il faudrait voir Mrs Oliver.

Le lendemain même, le major reçut un billet sur lequel il put lire :

« *Rendez-vous fixé à 11 heures, lundi prochain à Eaglemont, Friars Lane, Hampstead. Demandez Mr Jones. Vous vous présenterez comme agent de la Compagnie Maritime Guava.* »

Et, docile, le lundi suivant — jour férié — il se mit en route pour Eaglemont, Friars Lane. Quand je dis « il se mit en route », en fait il n'atteignit jamais

Eaglemont. Quelque chose d'étrange semblait l'en empêcher :

Le monde entier paraissait se rendre à Hampstead. Happé par la foule, suffoquant dans le métro, c'est à peine s'il se rendit compte qu'il était arrivé près de Friars Lane : une rue en cul-de-sac, défoncée par les ornières et bordée, en retrait, de maisons assez grandes — qui avaient dû connaître des jours meilleurs et semblaient attendre désormais la démolition.

Wilbraham s'avança, scrutant les noms à moitié effacés sur les boîtes aux lettres lorsque soudain un drôle de bruit lui fit dresser l'oreille, comme une sorte de gloussement ou de cri étouffé.

Le bruit reprit et il put cette fois discerner un « Au secours ! » qui venait justement de la maison devant laquelle il passait. Sans hésiter un instant, le major Wilbraham poussa la barrière délabrée, s'engagea, rapide et silencieux, dans une allée envahie de mauvaises herbes. Et là, au beau milieu d'un massif d'arbustes, il découvrit deux colosses à la peau noire qui maintenaient fermement une jeune femme. Elle gémissait, se débattait vaillamment à coups de pied tout en se tortillant pour leur échapper. L'un des deux Noirs lui plaquait la main sur la bouche malgré ses efforts furieux pour dégager la tête.

Trop occupés à la maintenir, ni l'un ni l'autre n'avait remarqué l'arrivée de Wilbraham. Celui qui tentait d'étouffer la fille reçut un formidable coup à la mâchoire qui le déséquilibra. Surpris, l'autre relâcha un instant sa victime pour se retourner vers Vilbraham, lequel en profita pour lui balancer son poing et l'envoyer au tapis. Le major se tourna aussitôt vers le premier juste derrière lui, prêt à continuer...

Mais les deux hommes avaient leur compte. Le second s'élança vers le portillon, l'autre le suivit et ils détalèrent rapidement. Wilbraham commença par les poursuivre puis, changeant d'avis, revint vers la fille, pantelante, appuyée à un arbre.

— Oh merci, c'était épouvantable ! suffoqua-t-elle.

Le major découvrit alors cette jeune femme qu'il venait miraculeusement de sauver : une jolie blonde aux yeux bleus et au teint blafard ; elle ne devait pas avoir beaucoup plus de vingt ans.

— Si vous n'étiez pas intervenu..., continua-t-elle.

— Là, là..., du calme, lui dit doucement Wilbraham. Tout va bien, maintenant. Mais nous ferions mieux de partir d'ici, ils peuvent revenir.

Elle eut un faible sourire.

— Après une telle correction, cela m'étonnerait. Vous avez été fantastique !

Son regard éperdu d'admiration fit rougir le major Wilbraham.

— Allons donc, bredouilla-t-il, la routine, quoi ! Une femme que des brutes importunent... En vous appuyant sur mon bras, pourrez-vous marcher ? Sale coup, hein ? Je sais, je sais...

— Ça va mieux, répondit-elle, tout en acceptant le bras offert.

Puis, encore tremblante, elle lança un coup d'œil vers la maison.

— Je ne comprends pas : la maison était pourtant bien vide...

— Affirmatif, renchérit le major en considérant les volets fermés et le délabrement de la propriété.

— Et pourtant, c'est bien là, c'est bien marqué « Whitefriars », s'exclama-t-elle en pointant la plaque à demi effacée sur le portillon. Et c'est bien là que j'avais rendez-vous !

— Allons, calmez-vous maintenant. Dans une minute, nous dénicherons un taxi. Et un endroit pour prendre un café.

La chance leur sourit : au bout de Friars Lane il y avait une rue plus fréquentée et, justement, un taxi arrêté devant une maison. Wilbraham le héla, indiqua une adresse au chauffeur qui acquiesça, et ils s'y engouffrèrent.

— Ne parlez plus. Détendez-vous, ordonna-t-il à sa compagne. Vous venez de passer un sacré quart d'heure.

Elle lui sourit avec gratitude.

— Hum !... euh... Je m'appelle Wilbraham, continua le major.

— Et moi Freda. Freda Clegg.

Dix minutes après, Freda dégustait un bon café

bien chaud, assise à une petite table, face à son sauveur.

— J'ai l'impression de faire un rêve, dit-elle. (Puis, avec un frisson :) Un cauchemar. Quand je pense qu'il y a peu encore j'avais envie que quelque chose m'arrive, n'importe quoi... ! Pourtant, je ne suis pas d'un naturel aventureux !

— Racontez-moi : que s'est-il passé ?

— Pour cela, je crains qu'il ne faille vous raconter presque toute ma vie...

— Parfait, allez-y ! opina-t-il.

— Je suis orpheline. Mon père — un capitaine de vaisseau — est mort quand j'avais huit ans. Ensuite ma mère, il y a juste trois ans. Je travaille en ville, je suis employée à la Compagnie du Gaz Naturel. En rentrant de mon travail, un soir de la semaine dernière, j'ai trouvé un homme qui m'attendait devant chez moi. Il s'est présenté comme avocat, un certain Reid, de Melbourne. Très poliment, il s'est mis à me questionner sur ma famille et m'a expliqué qu'il avait connu mon père il y a bien longtemps — et sur le plan professionnel. Et là, il en est venu à l'objet de sa visite :

» — Miss Clegg, j'ai toutes les raisons de croire que vous pourriez bénéficier maintenant d'un marché que votre père était sur le point de conclure avant de mourir.

» Vous imaginez ma surprise.

» — Il est invraisemblable que vous n'en ayez jamais entendu parler, continua-t-il. Mais tel que je le connaissais, votre père n'a pas dû prendre cette affaire-là très au sérieux. Et pourtant, elle a fini par aboutir ! J'ai néanmoins bien peur que vous ne puissiez réclamer votre dû, à moins que vous ne fournissiez un quelconque titre de propriété. Normalement, ces documents devraient faire partie des biens laissés par votre père, mais ils ont pu être considérés comme sans valeur puis détruits. Avez-vous gardé des papiers appartenant à votre père ?

» Je répondis alors que ma mère avait en effet pu mettre des dossiers parmi les affaires de mon père conservées depuis lors dans une vieille cantine de marin. Et il était même possible que je les aie moi-même parcourus sans rien y trouver de bien intéressant.

» — Vous pouviez difficilement en comprendre l'importance, objecta-t-il avec un sourire.

» Alors je suis allée chercher dans le coffre le peu de feuillets qu'il contenait et les lui ai montrés. Il les a examinés, mais il a déclaré qu'il était impossible d'affirmer s'ils avaient un rapport avec l'affaire en question. Il souhaitait les emporter et me contacter ensuite au cas où il y découvrirait quelque chose d'intéressant.

» Par le courrier du soir, samedi, j'ai en effet reçu une lettre dans laquelle il m'invitait à venir chez lui pour en discuter. Et il donnait son adresse : Whitefriars, Friars Lane, Hampstead. Je devais y être à 11 heures ce matin.

» J'ai mis du temps à trouver l'endroit. J'ai poussé la barrière et, tandis que je montais vers la maison, ces deux hommes épouvantables ont jailli d'un buisson et se sont précipités sur moi. Avant même que j'aie eu le temps de crier, l'un d'eux m'a plaqué sa main sur la bouche. Mais un instant j'ai pu libérer ma tête pour crier au secours. Heureusement que vous m'avez entendue, sinon...

Elle laissa sa phrase en suspens mais son regard n'en fut que plus éloquent.

— Sacrebleu ! Ravi de m'être trouvé là au bon moment ! Mais j'aimerais bien tenir ces deux fripouilles ! Je suppose que vous ne les aviez jamais vues avant cela ?

Elle secoua la tête.

— Qu'est-ce que vous en pensez ? demanda-t-elle.

— Difficile à dire. Seule chose vraiment sûre : quelqu'un s'intéresse de très près aux papiers de votre père. Ce Reid vous a raconté une histoire à dormir debout dans le seul but d'avoir accès aux documents. Sûr qu'il n'a pas trouvé ce qu'il cherchait.

— Mais... ça me revient ! s'exclama-t-elle. Quand je suis rentrée chez moi samedi, j'ai eu l'impression qu'on avait fouillé dans mes affaires. Pour tout vous dire, j'ai cru que ma propriétaire, très curieuse, avait fureté dans ma chambre. Mais là...

— C'est lié à l'affaire, c'est sûr. Quelqu'un a réussi

à pénétrer chez vous sous un prétexte quelconque, a commencé à chercher sans rien trouver. Alors il a supposé que vous connaissiez la valeur d'un tel document et que vous deviez le garder sur vous. Il a donc préparé cette embuscade. Si vous l'aviez eu sur vous, il vous l'arrachait. Sinon, il vous aurait gardée prisonnière jusqu'à ce que vous lui disiez où vous l'aviez caché.

— Mais de quel papier peut-il donc s'agir ? s'écria-t-elle.

— Je n'en sais rien. Mais ça doit être bigrement important pour que ce Reid s'acharne comme cela.

— C'est incroyable.

— Pas tant que cela : votre père était marin. Il a bourlingué de par le monde. Il a pu trouver quelque chose de précieux sans s'en rendre compte.

— Vraiment ? Vous pensez ? s'émut-elle, le rose envahissant soudain ses joues pâles.

— Oui, j'en suis sûr. Et la question est : qu'allons-nous faire ? Je suppose que vous ne tenez pas vraiment à aller à la police ?

— Oh non, pas ça !

— Heureux de vous l'entendre dire. Je ne vois pas très bien en effet en quoi elle peut vous être utile. Tout juste bonne à vous attirer des ennuis. Donc, tout d'abord, permettez-moi de vous inviter à déjeuner. Ensuite, je vous raccompagnerai chez vous pour être sûr qu'il ne vous arrive rien. Et là nous pourrions chercher ce fameux document. Il doit bien être quelque part, non ?

— Mon père a pu le détruire.

— C'est possible, mais vos agresseurs, eux, ne le pensent évidemment pas. Et c'est bon signe.

— De quoi peut-il s'agir ? Un trésor caché ?

Cette perspective réveilla en lui le gamin aventureux qu'il était resté et il s'exclama :

— 'Cré nom, ça se pourrait bien ! Mais tout d'abord, miss Clegg, allons déjeuner.

Le repas fut très agréable. Wilbraham raconta à Freda sa vie en Afrique de l'Est avec force détails. Il décrivit ses parties de chasse à l'éléphant. Cela la fit frissonner. Puis il insista pour la raccompagner en taxi.

Elle demeurait près de Notting Hill Gate. En arrivant, elle alla d'abord s'entretenir un court instant avec sa propriétaire, puis précéda Wilbraham jusqu'au deuxième étage où elle occupait un appartement composé d'un salon et d'une chambre minuscule.

— C'est exactement ce que nous pensions, confirma-t-elle : un homme est venu samedi matin pour poser un nouveau câble électrique, il a prétexté que mon installation était défectueuse pour s'introduire chez moi. Il y est resté un bon moment.

— Montrez-moi la malle de votre père, pria Wilbraham.

Elle le conduisit à une caisse cerclée de cuivre et en leva le couvercle.

— Vous voyez, elle est vide.

Le militaire acquiesça, songeur.

— Et il n'y a aucun papier ailleurs ?

— Ma mère a tout conservé là-dedans, j'en suis sûre.

Wilbraham se mit à examiner l'intérieur du coffre. Soudain il s'exclama :

— Il y a une fente dans la garniture !

Il y glissa la main avec précaution et tâtonna. Un petit craquement attira son attention.

— Quelque chose a dû tomber derrière.

En une seconde il extirpa sa trouvaille : un morceau de papier sale plié plusieurs fois. Il l'étala sur la table. Freda se pencha par-dessus son épaule et constata, déçue :

— Il n'y a que des signes bizarres.

— Mais c'est du swahili ! s'écria-t-il. Mais oui, affirmatif, c'est écrit en swahili. Ça, par exemple ! C'est un dialecte indigène de l'Afrique de l'Est.

— In-cro-ya-ble ! s'exclama-t-elle. Vous pensez pouvoir le déchiffrer ?

— Je veux, mon neveu ! Tiens, tiens, voilà qui n'est pas banal...

Il se rapprocha de la fenêtre pour le lire.

— Eh bien... ? pressa-t-elle, fébrile.

Wilbraham parcourut attentivement le manuscrit de bout en bout, deux fois, puis revint auprès d'elle.

— Hé, gloussa-t-il, le voilà, votre trésor !

— Un *vrai* trésor ? Vous voulez dire des pièces d'or dans un galion espagnol naufragé... ou quelque chose comme ça ?

— Ce n'est pas aussi romanesque, mais cela revient au même : ce document indique un endroit où on a caché de l'ivoire.

— De l'ivoire ? répéta Freda, ahurie.

— Affirmatif. Souvenez-vous : les éléphants ! Il existe une loi interdisant d'abattre plus d'un certain nombre d'animaux. Un chasseur a dû l'enfreindre, et copieusement ! Poursuivi, il a été obligé de cacher tout le bazar. Il y a là un stock phénoménal... et le moyen de le trouver est indiqué de façon parfaitement précise. Regardez : nous n'avons plus qu'à y aller, vous et moi !

— Vous pensez que ça représente beaucoup d'argent ?

— Une jolie petite fortune qui vous attend !

— Mais comment ce papier a-t-il pu atterrir dans les affaires de mon père ?

Wilbraham haussa les épaules.

— Ce type était en train de mourir, ou quelque chose comme ça. Il a dû écrire ce billet en swahili pour garder le secret et l'a confié à votre père, en qui il avait confiance parce qu'il avait dû lui rendre un service quelconque. Mais votre père, incapable de le déchiffrer, n'y a plus attaché d'importance. Ce n'est qu'une hypothèse... mais qui ne doit pas être bien loin de la réalité.

— C'est terriblement excitant ! émit Freda avec un soupir.

— La question est : qu'allons-nous faire de ce précieux document ? souligna Wilbraham. Le laisser ici ? Ça ne me dit rien qui vaille : vos agresseurs peuvent revenir. Et... je suppose que vous hésiteriez à me le confier...

— Absolument pas ! Mais ça pourrait vous mettre en danger, objecta-t-elle, inquiète.

— J'en ai vu d'autres et je suis un dur à cuire, vous savez, bougonna-t-il. N'ayez crainte !

Il replia le papier et le rangea dans son portefeuille.

— Puis-je revenir demain soir ? demanda-t-il. Il faut que j'établisse un plan et que je recherche les lieux sur ma carte d'état-major. A quelle heure rentrez-vous ?

— Vers 6 heures et demie.

— Epatant. Nous pourrons donc parler en tête-à-tête. Et peut-être accepterez-vous de dîner avec moi : il faut fêter ça. A demain soir, donc. Six heures et demie.

Ponctuel, Wilbraham arriva le lendemain à l'heure pile. Il sonna, une domestique vint lui ouvrir, il demanda miss Clegg.

— Miss Clegg ? Elle est sortie.

— Saperlipopette ! répondit le major.

Il n'osa pas demander d'entrer pour l'attendre et ajouta :

— Je repasserai.

Il traîna dans la rue, s'attendant à voir arriver Freda d'une seconde à l'autre. Mais le temps passait : 7 heures moins le quart, 7 heures, 7 heures et quart... et toujours pas de Freda. L'inquiétude le prit et il revint sonner à la porte.

— Ecoutez, j'avais rendez-vous avec miss Clegg à 6 heures et demie. Vous êtes bien sûre qu'elle n'est pas là ? Ou alors... elle n'aurait pas laissé un message ?

— Vous seriez pas le major Wilbraham ? demanda la domestique.

— Si.

— Ah, eh ben, il y a un billet pour vous. Tenez...

Wilbraham le saisit et déchira l'enveloppe. Il put lire :

Cher major Wilbraham,
Il m'est arrivé quelque chose d'assez étrange. Je ne peux vous en dire plus pour le moment mais j'aimerais que vous veniez dès que possible me retrouver à Whitefriars. Bien à vous, Freda Clegg.

Wilbraham fronça les sourcils et réfléchit en quatrième vitesse. Puis il tira machinalement une lettre de sa poche. Elle était destinée à son tailleur.

— Au fait, hasarda-t-il. Vous n'auriez pas un timbre, s'il vous plaît ?

— Mrs Parkins doit en avoir un...

Elle revint au bout d'un moment avec un timbre qu'il lui paya un shilling. Puis il s'éloigna en direction du métro et glissa l'enveloppe dans une boîte à lettres.

Son angoisse s'était amplifiée à la lecture du billet. Que diable s'était-il passé pour que Freda se rende seule, le lendemain même, sur le lieu de sa sinistre aventure ? se demanda-t-il. C'est impossible, c'est la dernière des choses à faire ! Reid était-il réapparu ? Et, dans ce cas, comment avait-il pu, d'une façon ou d'une autre, convaincre la jeune fille ? Quel argument avait bien pu la décider à se rendre là-bas ?

Il consulta sa montre : il était près de 7 heures et demie. Elle avait dû espérer qu'il se mette en route une heure plus tôt. Quel retard ! Si seulement elle lui avait donné une quelconque indication. Le ton de la lettre l'intriguait : il n'était pas dans le caractère de Freda Clegg.

A 8 heures moins 10, il parvint enfin à Friars Lane. La nuit tombait. Il scruta les environs. Personne. Il poussa doucement la vieille barrière de manière à ne pas faire grincer les gonds. L'allée était déserte, pas de lumière dans la maison. Il s'y dirigea à pas de loup, regardant à droite et à gauche : il n'avait aucune envie de se faire agresser par surprise.

Soudain, il s'arrêta net : un rai de lumière avait filtré une seconde à travers un des volets : la maison n'était donc pas vide, il y avait bien quelqu'un à l'intérieur.

Wilbraham se glissa dans les buissons pour contourner la bâtisse et finit par trouver ce qu'il cherchait : une fenêtre était entrebâillée au rez-de-chaussée. Il en souleva le châssis : une sorte d'arrière-cuisine. Il promena le faisceau de sa torche — qu'il avait achetée en cours de route. Rien. Il grimpa et pénétra à l'intérieur.

Il ouvrit la porte de l'arrière-cuisine avec mille précautions. Toujours aucun bruit. Avec sa lampe, il constata que la cuisine était également vide et sortit. Il vit alors une demi-douzaine de marches menant à une porte qui devait donner sur la partie frontale de la maison.

Il la franchit, prêta l'oreille. Rien. Il traversa et se retrouva dans le hall d'entrée. Toujours aucun bruit. Il y avait une porte à droite et une autre à gauche, il choisit celle de droite, y colla l'oreille un instant, puis tourna la poignée. Elle céda. Il l'ouvrit alors millimètre par millimètre et avança d'un pas.

Il ralluma sa torche : pas un meuble, la pièce était rigoureusement vide.

Juste à cet instant, il entendit un bruit derrière lui, fit volte-face. Trop tard. Quelque chose s'abattit sur son crâne et il sombra aussitôt dans l'inconscience...

Au bout de combien de temps reprit-il connaissance ? Il n'en avait aucune idée. Il émergeait difficilement : il avait très mal à la tête. Il essaya de bouger. En vain. Il était ligoté.

Et soudain, la mémoire lui revint : il avait reçu un formidable coup sur le crâne.

Grâce à la faible lueur d'un bec de gaz accroché en haut d'un mur, il put constater qu'il se trouvait dans un cellier. Il jeta un œil autour de lui et son cœur se mit à bondir : Freda gisait là, à quelques pas, ligotée comme lui, les yeux clos. Mais juste au moment où il la fixait, fou d'angoisse, elle poussa un soupir et souleva les paupières. Elle le considéra, stupéfaite, le reconnut et ses yeux s'illuminèrent de reconnaissance.

— Vous êtes là, vous aussi ! Qu'est-il arrivé ?

— J'ai dû bigrement vous décevoir, répondit Wilbraham, piteux. Je suis tombé tête baissée dans le piège. Mais, dites-moi, c'est bien vous qui m'avez écrit un mot pour me dire de venir vous retrouver ici ?

Elle le regarda abasourdie :

— *Moi* ? Mais non, c'est *vous* qui m'en avez envoyé un !

— Moi ?

— Mais oui ! J'ai reçu votre message au bureau : vous disiez que vous préféreriez me voir ici plutôt que chez moi.

— Le même truc pour nous entraîner chacun dans le même cul-de-basse-fosse ! grommela-t-il.

Et lui se mit à lui expliquer son histoire.

— Je comprends, maintenant, dit-elle. Mais dans quel but...

— Récupérer le document. Hier, ils nous ont probablement suivis. Et ils ont pu me localiser.

— Mais le papier... vous croyez qu'ils l'ont pris ?

— Hélas, incapable de le vérifier ! constata-t-il avec un regard malheureux sur ses poings liés.

Et tout à coup ils sursautèrent tous les deux. Car une voix s'élevait, qui semblait venir d'outre-tombe :

— Inutile de le chercher. Je l'ai pris, merci ! résonna-t-elle.

Ils frissonnèrent.

— Mr Reid ! souffla Freda.

— Mr Reid n'est que l'un de mes patronymes, ma chère enfant, reprit la voix, et j'en ai énormément ! Mais vous êtes venus bouleverser mes plans. Et c'est une chose que je ne supporte pas, j'ai le regret de vous le dire. Et le fait que vous connaissiez l'existence de cette maison est très grave. Vous n'en avez pas encore parlé à la police, mais vous pourriez y songer.

» J'ai bien peur de ne pouvoir vous faire confiance. Vous pourriez bien sûr me promettre de ne rien dévoiler, mais les promesses... sont rarement tenues ! Et puis, voyez-vous, cette maison m'est indispensable. C'est en quelque sorte mon quartier général. Un endroit dont on ne revient jamais. D'ici on ne passe que... dans l'autre monde ! Et vous devez disparaître. Je le regrette, mais il le faut.

La voix s'arrêta un instant, puis reprit :

— Le sang ne coulera pas. J'ai horreur de ça ! Ma méthode est bien plus simple. Et vraiment indolore, je vous l'assure. Maintenant je dois vous laisser. Bonne nuit à tous les deux !

— Attendez ! s'écria alors Wilbraham, faites ce que vous voulez de moi mais cette jeune femme n'y est pour rien. Pour rien ! Relâchez-la ! Rien ne vous en empêche !

Mais la voix s'était tue.

— L'eau... l'eau ! s'écria alors Freda.

En se contorsionnant avec peine, Wilbraham suivit son regard : un filet d'eau s'écoulait lentement d'un trou percé près du plafond.

— Ils vont nous noyer ! hurla Freda, hystérique.

Wilbraham sentit son front dégouliner de sueur.

— Pas encore, dit-il. Appelons à l'aide, on va sûrement nous entendre. Allons-y !

Tous deux se mirent à hurler « Au secours ! » jusqu'à épuisement de leurs cordes vocales.

— Je crains que ça ne serve à rien, soupira Wilbraham. Nous sommes trop éloignés de la surface et les portes doivent être capitonnées. Sinon, ce salopard nous aurait sûrement bâillonnés.

Freda fondit en larmes.

— Mon Dieu, tout est de ma faute ! Et c'est moi qui vous ai entraîné ici !

— Allons, mon petit, du calme. Je m'inquiète pour vous. Moi, j'ai l'habitude d'être en péril. Je m'en suis toujours sorti ! Courage : je vais vous tirer de là. On a tout le temps : au train où l'eau coule, il faudra plusieurs heures avant qu'elle ne nous submerge.

— Vous êtes vraiment merveilleux ! répondit-elle. (Et elle ajouta :) Jamais je n'ai rencontré un homme tel que vous... sinon dans les romans.

— Sornettes ! Ce n'est qu'une question de bon sens. D'abord, il faut que j'arrive à me dégager de ces satanées cordes !

Au bout d'un quart d'heure, à force de se tortiller et de se frotter dans tous les sens, il constata avec satisfaction que ses liens s'étaient déjà bien relâchés. Il entreprit alors de baisser la tête et lever les poignets afin de pouvoir les rompre avec les dents.

Les mains libérées, courbatu et endolori, mais libre, il ne lui fallut pas longtemps pour détacher sa compagne.

Le niveau de l'eau avait à peine atteint leurs chevilles.

— Et maintenant, déclara le militaire, sortons d'ici.

Il grimpa le petit escalier qui menait à une porte, évalua celle-ci : « Pas de problème : piètre matériel. Elle va céder facilement. » Effectivement, d'un coup d'épaule, il réussit à fracasser le battant qui sortit de ses gonds. Ils franchirent le seuil.

Quelques marches grimpaient jusqu'à une deuxième porte... mais celle-là, c'était une autre paire de manches : le bois était épais et une barre de fer la défendait.

— Plus difficile, constata Wilbraham. Mais... Tiens ! on a de la veine : elle n'est pas fermée !

Il l'ouvrit, jeta un coup d'œil alentour, fit signe à Freda de le suivre. Ils débouchèrent sur un passage derrière la cuisine et se retrouvèrent dans Friars Lane sous un ciel étoilé.

— Mon Dieu, dit Freda avec un sanglot dans la voix, c'était épouvantable !

— Ma pauvre chérie...

Il la prit dans ses bras.

— ... Vous avez été formidable, très courageuse. Freda, mon ange... pouvez-vous... enfin, voulez-vous... Je vous aime, Freda. Voulez-vous m'épouser ?

Il laissa passer un bon moment — le temps qui convient en cette circonstance solennelle — et ajouta avec un petit rire :

— Et qui plus est, nous avons toujours le secret de la cache d'ivoire.

— Mais ils vous l'ont pris !

Il gloussa encore.

— Mais non, je les ai bien eus ! Figurez-vous que j'en ai fait une prétendue copie et, avant de vous rejoindre ici ce soir, j'ai mis l'original dans une enveloppe destinée à mon tailleur. Et je l'ai postée. Ils n'ont donc qu'un faux... et je leur souhaite d'en baver ! Vous savez ce qu'on va faire, mon cœur ? On va passer notre lune de miel en Afrique de l'Est et on va faire de la chasse à l'ivoire !

Mr Parker Pyne sortit de son bureau, grimpa les escaliers. Il y avait une chambre sous les combles où se trouvait Mrs Oliver, la romancière à succès, qui faisait maintenant partie de son équipe.

Il frappa, entra. Elle était assise à une table, devant une machine à écrire, quelques carnets et des manuscrits éparpillés autour d'un grand sac de pommes.

— Excellent, votre scénario, Mrs Oliver, lui lança-t-il amicalement.

— Tout s'est bien terminé ? demanda Mrs Oliver. Vous m'en voyez ravie.

Il hasarda alors, de son ton le plus précautionneux :
— Mais cette histoire de cellier inondé, vous... vous comptez l'utiliser longtemps encore ? N'auriez-vous pas... euh... quelque chose de... de plus original ?

Mrs Oliver secoua la tête, prit une pomme dans le sac.

— Je ne pense pas que ce soit nécessaire, Mr Pyne. L'eau qui monte dans la cave, le poison, le gaz, j'en passe et des meilleures, vous savez, les gens ont l'habitude de lire ce genre de trucs. Le fait de savoir d'avance ce qui va se passer donne un piquant supplémentaire à la peur qu'ils ressentent dans ces cas-là. Le public est traditionaliste, Mr Pyne. Il n'aime rien tant que les bons vieux effets usés jusqu'à la corde.

— Evidemment, je dois admettre que vous vous y connaissez, dit Mr Pyne en pensant aux quarante-six romans de l'auteur devenus best-sellers dans le monde anglo-saxon, mais aussi traduits en français, en allemand, en italien, en hongrois, en finlandais, en japonais et même en abyssinien. Et ça nous coûte combien, cette histoire ?

Mrs Oliver prit un bout de papier.
— En tout, pas tellement : Percy et Jerry, les deux Noirs, des seconds couteaux, n'ont pas été trop exigeants ; le jeune comédien, Lorrimer, a accepté de jouer le rôle de Mr Reid pour cinq guinées ; quant au laïus dans le cellier, c'était évidemment un enregistrement.

— Whitefriars a été une bonne affaire, ajouta Mr Pyne : j'ai acheté cette baraque pour trois fois rien et elle a déjà servi de décor pour onze pièces passionnantes.

— Ah, j'ai oublié les gages de Johnny : cinq shillings, fit remarquer Mrs Oliver.

— Johnny ?

— Celui qui versait l'eau avec des arrosoirs par le trou de la cave.

— Ah oui. Mais, au fait, Mrs Oliver, où avez-vous appris le swahili ?
— Je ne l'ai pas appris.
— Alors, vous êtes allée vous renseigner au British Museum ?
— Non. Au bureau d'information de Delfridge.
— Décidément, le progrès accomplit des miracles ! murmura-t-il.
— La seule chose qui me tracasse, continua Mrs Oliver, c'est que le jeune couple ne trouvera aucune cache d'ivoire là-bas.
— On ne peut pas tout avoir, rétorqua Mr Parker Pyne. Une lune de miel, ce n'est déjà pas si mal !

Mrs Wilbraham était allongée sur un transat. Son mari rédigeait une lettre. Il lui demanda :
— Quel jour sommes-nous, Freda ?
— Le 16.
— Le 16. Bon sang !
— Qu'y a-t-il, mon chéri ?
— Rien. Je viens de me souvenir d'un type, un dénommé Jones.
Même heureux en ménage, on garde son jardin secret.
« Sapristi, pensa le major Wilbraham, j'aurais dû l'appeler pour récupérer mon argent ! » Et puis, en bon gentleman, il considéra le problème sous un autre angle. « Après tout, se dit-il, c'est moi qui ai rompu le marché. J'imagine que si j'avais bel et bien rencontré ce Jones de la lettre, il se serait peut-être passé quelque chose. Mais, de toute façon, si je n'avais pas eu ce rendez-vous avec Jones, je n'aurais jamais entendu Freda appeler à l'aide et nous ne nous serions jamais rencontrés. Après tout, ces gens méritent en quelque sorte les cinquante livres ! »
De son côté, Mrs Wilbraham était également plongée dans ses pensées. « J'ai vraiment été stupide de croire en cette annonce et de donner trois guinées à ces gens-là. S'il m'est arrivé une aventure, ils n'y sont pour rien et ce n'est en tout cas pas grâce à eux. Si seulement j'avais su ce qui allait arriver — d'abord Mr Reid, et puis la façon étrange et romantique avec

laquelle Charlie est entré dans ma vie... Et dire que *sans le plus grand des hasards* j'aurais pu ne jamais le rencontrer ! »

Epanouie, elle tourna vers son mari un regard éperdu d'adoration.

3

UNE JEUNE FEMME AUX ABOIS
(The Case of the distressed Lady)

Sur le bureau de Mr Parker Pyne, la sonnerie du téléphone intérieur se manifesta avec discrétion.
— Oui ? demanda-t-il.
— Une jeune femme souhaite vous voir, répondit la secrétaire. Elle n'a pas de rendez-vous.
— Faites-la entrer, miss Lemon.
L'instant d'après, Mr Parker Pyne serrait la main de sa visiteuse :
— Bonjour, lui dit-il. Et veuillez vous asseoir.
La jeune femme prit un siège et fixa Mr Parker Pyne. Elle était plutôt jolie et d'une évidente jeunesse. Sa chevelure de jais était coiffée en vagues qui se terminaient sur la nuque par une rangée de boucles. Sa toilette ne manquait pas de classe, de son petit béret de jersey blanc à ses bas à fine résille et ses escarpins effilés. Sa nervosité était manifeste.
— Vous êtes Mr Parker Pyne ? demanda-t-elle.
— C'est bien moi.
— Celui qui a... qui a fait paraître l'annonce ?
— En personne.
— Vous dites que si les gens ne sont pas... ne sont pas heureux, ils doivent... ils doivent venir vous voir.
— C'est cela même.
Elle se décida à plonger :
— Eh bien, je suis horriblement malheureuse. Alors j'ai pensé que je pouvais venir et... et voir un peu...
Mr Parker Pyne attendit avec patience. Il sentait que ce n'était qu'un début.

— Je suis dans un effroyable pétrin, reprit-elle en se tordant nerveusement les mains.

— Je vois, je vois, dit Mr Parker Pyne. Pensez-vous pouvoir m'en parler plus en détail ?

Il ne semblait pas du tout certain que la jeune femme en soit capable. Elle lança à Mr Parker Pyne un regard où pouvait se lire un désespoir intense. Puis, soudain, elle se lança :

— Oui, je vais tout vous raconter. J'ai pris ma décision. L'inquiétude a failli me rendre folle. Je ne savais que faire, ni à qui demander de l'aide. Et puis j'ai vu votre annonce. Je me suis dit qu'il ne s'agissait que de charlatanisme, mais je l'ai quand même gardée en mémoire. Malgré tout, ça avait un côté rassurant. Et puis alors j'ai pensé... J'ai pensé que je n'avais rien à perdre, que je pouvais venir risquer un coup d'œil. Et qu'il serait toujours temps de trouver un prétexte pour m'en aller si... Mais ce n'est pas le cas...

— Je comprends, je comprends, dit Mr Parker Pyne.

— Vous comprenez, reprit la jeune femme, il y a un problème de... de confiance...

— Et vous avez l'impression que vous pouvez avoir confiance en moi ? demanda-t-il en souriant.

— C'est bizarre, répondit-elle, sans prendre conscience de la brutalité de son propos, mais j'ai confiance en vous. Sans savoir quoi que ce soit de vous !... Je suis convaincue que je peux avoir confiance en vous.

— Je peux vous donner l'assurance que votre confiance ne sera pas trahie.

— Alors je vais tout vous dire. Je m'appelle Daphné Saint John.

— Heureux de faire votre connaissance, miss Saint John.

— Mrs Saint John. Je suis... Je suis mariée.

« Zut ! se gourmanda Mr Parker Pyne en remarquant pour la première fois à la main gauche de la jeune femme une alliance de platine. Que je suis bête !... »

— Si je n'étais pas mariée, ajouta-t-elle, je n'aurais pas autant de souci. Je veux dire que cela aurait beaucoup moins d'importance. Mais quand je pense que Gerald... Enfin, voilà... Voilà de quoi il s'agit...

De son sac à main, elle tira un petit objet brillant et resplendissant qu'elle fit glisser sur le bureau.

C'était une bague : un gros solitaire monté sur un anneau de platine.

Mr Parker Pyne s'en empara, alla jusqu'à la fenêtre pour l'étudier à la lumière du jour, puis se saisit d'une loupe de joaillier pour un examen plus détaillé.

— Le diamant est superbe, dit-il en revenant à son bureau. Je dirais qu'il vaut, au bas mot, deux mille livres.

— Oui. Et il a été volé !... C'est moi qui l'ai volé !... Et je ne sais pas quoi faire !...

— Sapristi ! s'écria Mr Parker Pyne. Voilà un cas tout à fait intéressant.

Sur ces entrefaites, la jeune femme éclata en sanglots et se mit à pleurer dans un mouchoir qui n'avait pas été prévu pour cet usage.

— Allons, allons, l'apaisa Mr Parker Pyne. Tout va s'arranger.

— C'est vrai ? renifla la jeune femme en s'essuyant les yeux. C'est vrai ?...

— Evidemment. Maintenant, racontez-moi toute votre histoire.

— Il faut que je commence en vous disant que je suis fauchée. Vous comprenez, je suis très dépensière. Et cela rend Gerald furieux. Gerald, c'est mon mari. Il est nettement plus âgé que moi et il a... disons des principes très rigides. Il pense que c'est épouvantable d'avoir des dettes. Alors je ne lui ai rien dit. Et puis je suis allée au Touquet avec des amis et j'ai pensé que j'aurais peut-être de la chance au baccara et que je pourrais me refaire. Au début, j'ai gagné. Puis je me suis mise à perdre et j'ai cru que ce n'était qu'une mauvaise passe et qu'il fallait continuer. Alors j'ai continué. Et... Et...

— Je vois, je vois, intervint encore Mr Parker Pyne. Inutile de me rapporter tous les détails. En fin de compte, vous vous êtes retrouvée plus endettée que jamais. C'est bien cela ?

La jeune femme approuva de la tête :

— Vraiment, là, je ne pouvais plus du tout en parler à Gerald. Parce qu'il a le jeu en horreur. C'était vraiment une situation inextricable. Et puis nous sommes partis pour la campagne, près de Cobham, chez les Dortheimer. Lui est très riche, bien sûr. Et sa femme, Naomi, était au collège avec moi. Elle est ravissante et je l'aime beaucoup. Pendant notre séjour, la monture de sa bague s'est desserrée. Le jour où nous sommes repartis, elle m'a demandé d'emporter sa bague et de la déposer chez son bijoutier à Bond Street.

Elle marqua un temps d'arrêt.

— Nous en arrivons au point délicat, l'encouragea Mr Parker Pyne. Poursuivez, Mrs Saint John.

— Vous n'en parlerez à personne, n'est-ce pas ? supplia-t-elle.

— Les confidences que me font mes clients sont sacrées. De toute façon, Mrs Saint John, vous m'en avez dit suffisamment pour que je sois en mesure de terminer moi-même votre petite histoire.

— C'est vrai. Bon... Mais je n'ai pas envie de vous raconter la suite... C'est tellement horrible... Enfin, je suis allée à Bond Street. Il y a là un autre magasin... Viro. Ils sont spécialisés... dans la copie de bijoux. J'ai perdu la tête... Je leur ai apporté la bague et j'ai dit que j'en voulais la copie exacte, parce que je partais pour l'étranger et que je ne voulais pas prendre le risque d'emporter la bague véritable. Ils ont eu l'air de trouver cela tout naturel.

» Je suis donc entrée en possession de la réplique... C'était si bien fait qu'on n'aurait pas pu la distinguer de l'original... Et je l'ai envoyée en recommandé à lady Dortheimer. J'avais chez moi un écrin avec le nom de son bijoutier, alors ça ne m'a pas posé de problème, et j'ai fait un paquet qui avait l'air tout ce qu'il y a de professionnel. Sur quoi je suis allée mettre... mettre en gage la vraie bague...

Elle enfouit son visage dans ses mains :

— Comment ai-je pu ?... Mais comment ai-je pu... Je me suis conduite comme une voleuse de bas étage...

Mr Parker Pyne toussota :

— Il me semble que vous n'avez pas tout à fait terminé, dit-il.

— Non, en effet. Ça s'est passé il y a à peu près six semaines. J'ai réglé toutes mes dettes et j'étais de nouveau à flot, mais, bien sûr, je n'ai pas cessé d'être malheureuse. Et puis voilà qu'une de mes vieilles cousines est morte en me laissant pas mal d'argent. La première chose que j'ai faite a été de dégager cette maudite bague. Tout allait bien : la voilà ! Mais un problème terrible a surgi.

— Ah bon ?

— Nous avons eu une dispute avec les Dortheimer. Il s'agit de je ne sais quelles actions que sir Reuben avait fait acheter à Gerald. Il a perdu beaucoup d'argent dessus et il ne s'est pas gêné pour dire à sir Reuben ce qu'il pensait de lui... Et, vraiment, tout cela est épouvantable. Maintenant, je ne peux plus restituer cette bague.

— Vous pourriez l'envoyer anonymement à lady Dortheimer.

— Cela dévoilerait le pot aux roses. Il suffira qu'elle regarde la bague qu'elle porte pour constater que c'est un faux, et elle comprendra tout de suite ce que j'ai fait.

— Vous me dites qu'elle est votre amie. Pourquoi ne pas lui dire toute la vérité ?... En comptant sur son bon cœur ?...

— Nous ne sommes pas amies à ce point, répondit Daphné Saint John en secouant la tête. Quand il s'agit d'argent ou de bijoux, Naomi ne fait plus de sentiment. Peut-être qu'elle ne me poursuivra pas en justice, mais elle racontera tout à tout le monde, et je serai fichue. Gerald l'apprendra, et il ne me le pardonnera jamais. Mon Dieu !... Que tout cela est épouvantable !...

Elle fondit à nouveau en larmes :

— J'ai réfléchi... J'ai réfléchi... Et je ne vois pas ce que je pourrais faire !... Oh ! Mr Pyne, pouvez-vous faire quoi que ce soit ?

— Je peux faire bien des choses.

— Vous pouvez ? C'est sûr ?

— Bien entendu. Je vous avais suggéré d'aller au plus simple, parce que ma longue expérience m'a enseigné que c'est toujours ce qu'il y a de mieux. Cela évite les complications imprévues. Mais je reconnais la force de vos arguments. Pour le moment, à part vous, personne ne sait rien de cette malheureuse affaire ?

— Personne, sauf vous, souligna Mrs Saint John.

— Oh ! moi, je ne compte pas. Votre secret ne court pas de risque. Tout ce qu'il nous faut, c'est trouver un moyen de procéder à l'échange des bagues sans attirer l'attention.

— C'est bien ça, dit vivement la jeune femme.

— Ce ne devrait pas être très difficile. Il nous faudra un peu de temps pour réfléchir à la méthode la plus adroite...

— Mais nous n'avons pas le temps, justement ! le coupa-t-elle. C'est ça qui me rend folle. Elle va faire remonter sa bague !...

— Comment le savez-vous ?

— Un coup de chance. Je déjeunais avec une amie, l'autre jour, et j'admirais la bague qu'elle portait. Une grosse émeraude. Elle m'a expliqué que la monture était à la toute dernière mode, et que Naomi Dortheimer allait faire remonter son solitaire de la même façon.

— Ce qui signifie qu'il nous faut agir très vite, remarqua Mr Parker Pyne, pensif.

— Oui, oui.

— Cela veut dire qu'il faut trouver le moyen de s'introduire dans la maison... Et pas comme domestique, si possible. Les domestiques ont rarement la possibilité de toucher à des bagues de grande valeur. Voyez-vous quelque chose vous-même, Mrs Saint John ?

— Eh bien, je sais que Naomi donne une grande réception mercredi. Et l'amie dont je vous parlais m'a dit qu'elle recherchait des danseurs professionnels pour une démonstration. Mais je ne sais pas si c'est déjà arrangé...

— Nous devrions pouvoir nous débrouiller avec ça, trancha Mr Parker Pyne. Si les choses sont d'ores et déjà décidées, cela nous coûtera un peu plus cher, voilà tout. Ah ! un détail encore : savez-vous où se trouve le disjoncteur principal ?

— Par le plus grand des hasards, je le sais : un fusible a sauté un soir, très tard, alors que les domestiques étaient déjà tous au lit. C'est une espèce de boîte au fond du vestibule... Dans un petit placard.

A la demande de Mr Parker Pyne, elle traça un plan des lieux.

— Maintenant, dit-il, tout va se passer à merveille, et vous n'avez plus aucune raison de continuer à vous tourmenter, Mrs Saint John. Qu'est-ce que nous faisons de la bague ? Vous me la laissez, ou vous préférez la garder jusqu'à mercredi ?

— Eh bien, il vaudrait peut-être mieux que je la garde.

— Et rappelez-vous : plus de souci maintenant, conseilla-t-il.

— Et... pour vos honoraires ?

— Laissons cela pour l'instant. Je vous dirai mercredi les frais que nous aurons dû engager. Mes honoraires seront insignifiants, je vous en donne l'assurance.

Il la reconduisit jusqu'à la porte, puis se pencha sur son téléphone intérieur :

— Voulez-vous m'envoyer Claude et Madeleine ?

Claude Luttrell était l'un des plus spectaculaires parmi les gigolos patentés de Grande-Bretagne, et Madeleine de Sara la plus ensorceleuse des vamps.

Mr Parker Pyne leur jeta un coup d'œil approbateur.

— Mes chers enfants, dit-il, j'ai un petit travail pour vous. Vous allez devenir des danseurs professionnels connus dans le monde entier. Maintenant, Claude, écoutez-moi bien et faites attention...

Lady Dortheimer était pleinement satisfaite des préparatifs de son bal. Elle approuva l'arrangement des bouquets, donna quelques ultimes consignes au maître d'hôtel, et fit remarquer à son mari que, jusqu'à présent, tout s'était bien passé.

Evidemment, il était regrettable que Michael et Juanita, le couple de danseurs du *Vulcain*, n'aient pas été en mesure de tenir leur engagement, à cause d'une entorse que Juanita s'était faite. Mais à la place — c'est du moins ce qu'on lui avait annoncé par téléphone —, on lui envoyait deux danseurs qui avaient fait un tabac à Paris.

Ils arrivèrent à l'heure prévue, au grand soulagement de lady Dortheimer. La soirée se déroula magnifiquement. Jules et Sanchia firent leur numéro, qui était tout bonnement sensationnel : d'abord une chorégraphie échevelée intitulée *Révolution Espagnole*. Puis un pas appelé le *Rêve Décadent*. Et, enfin, une superbe démonstration de danses modernes.

Quand l'intermède « boîte de nuit » eut pris fin, la soirée retrouva son cours normal. Jules, d'une élégance impressionnante, demanda à lady Dortheimer la faveur de danser avec lui. Ils s'élancèrent. Jamais lady Dortheimer n'avait dansé avec un cavalier aussi accompli.

Sir Reuben, de son côté, s'était mis en quête de la séduisante Sanchia. Mais en vain. Elle ne se trouvait pas dans la salle de bal.

En fait, elle se tenait dans le vestibule désert, à côté d'une petite boîte. Ses yeux ne quittaient pas la montre ornée de diamants qu'elle portait au poignet.

— Je suis sûr que vous n'êtes pas anglaise, glissait Jules à l'oreille de lady Dortheimer. Une Anglaise ne saurait danser aussi bien que vous... Vous êtes une flamme portée par l'esprit du vent... *Drouchka petrovka navarouchni...*

— Mais quelle langue est-ce donc là ?

— C'est du russe, répondit Jules en mentant sans vergogne. Je vous ai dit en russe quelque chose que je n'oserais pas dire en anglais.

Lady Dortheimer ferma les yeux. Jules la serra plus étroitement contre lui.

Tout d'un coup, les lumières s'éteignirent. Dans l'obscurité, Jules se pencha pour baiser la main qui reposait sur son épaule. Comme sa cavalière paraissait vouloir la retirer, il la saisit et la porta à nouveau à ses lèvres. Et de façon étrange, il se trouva qu'une bague glissa le long d'un doigt pour se retrouver dans la paume du danseur.

Lady Dortheimer eut le sentiment qu'une seconde seulement s'était écoulée avant que les lumières ne se rallument. Jules lui souriait.

— Votre bague, dit-il. Elle a glissé. Vous permettez...

Il replaça la bague au doigt de sa cavalière. Ses yeux transmettaient mille messages...

Sir Reuben disait quelque chose à propos du disjoncteur.

— C'est un imbécile qui a fait ça. Il s'est cru spirituel.

Lady Dortheimer n'écoutait pas. Ces quelques minutes dans l'obscurité avaient été divines...

Quand Mr Parker Pyne arriva à son bureau le jeudi matin, il trouva Mrs Saint John qui l'attendait.

— Faites-la entrer, dit-il.

— Alors ? demanda-t-elle avec animation.

— Vous n'avez pas bonne mine, lui reprocha-t-il.

Elle secoua la tête :

— Je n'ai pas pu trouver le sommeil, cette nuit. Je n'arrêtais pas de penser...

— Voilà notre petite facture en ce qui concerne les frais. Des billets de train, des costumes, et cinquante livres pour Michael et Juanita. Ce qui fait en tout soixante-cinq livres et dix-sept shillings.

— Bien sûr !... Bien sûr !... Mais hier soir ?... Tout s'est bien passé ?... Vous y êtes arrivé ?...

Mr Parker Pyne lui lança un regard étonné :

— Mais naturellement, ma chère enfant, tout s'est bien passé. J'étais persuadé que vous l'aviez compris.

— Quel soulagement ! J'avais si peur que...

— Sachez que, dans cette maison, le mot échec n'est pas admis, expliqua-t-il avec sévérité. Je n'accepte jamais de m'occuper d'un cas quelconque quand je ne pense pas pouvoir réussir. Mais quand j'accepte, le succès est garanti.

— Elle a vraiment récupéré sa bague sans se douter de rien ?

— De rien du tout. L'opération a été conduite avec la délicatesse la plus extrême.

— Vous ne pouvez imaginer à quel point je suis soulagée, soupira Daphné Saint John. Quel chiffre m'avez-vous dit pour vos frais ?

— Soixante-cinq livres et dix-sept shillings.

De son sac, elle sortit billets et pièces et les compta. Mr Parker Pyne ne manqua pas de la remercier et de lui signer un reçu.

— Mais pour vos honoraires ? demanda-t-elle doucement. Cela ne couvre que vos frais.

— Dans le cas qui nous occupe, il n'y aura pas d'honoraires.

— Oh, Mr Pyne !... Je ne peux vraiment pas...

— Permettez-moi d'insister, chère petite madame. Je refuserai le moindre penny. Ce serait contre mes principes. Prenez votre reçu. Et maintenant...

Avec le sourire d'un illusionniste tout heureux d'avoir mené à bien un tour complexe, il sortit un petit écrin de sa poche et le poussa devant son interlocutrice. Daphné l'ouvrit. Il contenait d'évidence la bague au solitaire.

— Saleté, fit Mrs Saint John en décochant à la bague une grimace. Je te hais !... J'ai bien envie de te flanquer par la fenêtre.

— A votre place, je n'en ferais rien, répliqua Mr Parker Pyne. Des gens pourraient être surpris.

— Vous êtes sûr que ce n'est pas la vraie ?

— Evidemment, voyons ! La bague que vous m'avez montrée l'autre jour est bel et bien au doigt de Lady Dortheimer.

— Alors, tout est pour le mieux.

Elle se leva avec un petit rire.

— Curieux, que vous m'ayez posé cette question, reprit Mr Parker Pyne. Ce pauvre Claude, bien sûr, n'est pas un phénix, et il aurait pu facilement confondre. Aussi, pour en avoir le cœur net, j'ai demandé ce matin à un expert d'examiner cette babiole.

Mrs Saint John se rassit assez brutalement :

— Oh !... Et qu'a-t-il dit ?...

— Qu'il s'agissait d'une extraordinairement bonne imitation. Un travail d'artiste. Vous pouvez donc avoir l'esprit en repos, n'est-ce pas ?...

Mrs Saint John parut vouloir commencer une phrase, mais elle resta silencieuse, fixant Mr Parker Pyne.

Il reprit sa place derrière le bureau et la regarda d'un œil indulgent :

— Le chat qui tire les marrons du feu... Ce n'est pas un rôle agréable. Et je n'aime pas le faire jouer à mon personnel. Pardonnez-moi : vous disiez quelque chose ?...

— Non... Rien...

— Bien. Je vais vous raconter une petite histoire, Mrs Saint John. A propos d'une jeune femme. Une femme blonde, je crois. Elle n'est pas mariée. Son nom de famille n'est pas Saint John, et elle ne se prénomme pas Daphné. En fait, son nom est Ernestine Richards, et, il y a peu encore, elle était la secrétaire de lady Dortheimer.

» Il se trouve qu'un jour, la monture du solitaire de lady Dortheimer s'est desserrée et que miss Richards a été chargée de l'apporter en ville pour la faire arranger. Cela ressemble assez à votre propre histoire, hein ?... Et miss Richards a eu la même idée que vous : elle a fait copier la bague. Mais c'était une jeune personne prévoyante. Elle a compris qu'un jour, lady Dortheimer s'apercevrait de la substitution, qu'elle se rappellerait qu'elle avait chargé miss Richards de l'apporter chez le bijoutier et la soupçonnerait instantanément.

» Alors, que s'est-il passé ? Eh bien, d'abord, j'ai de bonnes raisons de croire qu'elle a investi dans l'achat d'une teinture pour cheveux de la marque bien connue *La Merveilleuse* — Mr Parker Pyne fixait avec une feinte indifférence les boucles de jais de sa cliente. Ensuite, elle est venue me voir. Elle m'a montré la bague, m'a donné tout le temps de me convaincre moi-même qu'il s'agissait d'un bijou véritable, m'ôtant ainsi toute raison de la suspecter. Cela fait, et un plan pour une substitution mis au point, la jeune personne a déposé la bague chez le bijoutier qui, en temps utile, l'a renvoyée à lady Dortheimer.

» Hier soir, l'autre bague — je veux dire la copie — a été confiée à la dernière minute à Claude Luttrell, à la gare de Waterloo, car miss Richards pensait, à juste titre, que ce brave garçon avait peu de chances d'être un expert en joaillerie. Cependant, pour être assuré que tout était parfaitement en ordre, j'avais demandé à l'un de mes amis, qui est dans le commerce des pierres précieuses, de monter dans le train. Il a examiné la bague, et son verdict a été immédiat : "Ce diamant est faux. Ce n'est qu'une très bonne copie"...

» Vous voyez où je veux en venir, Mrs Saint John ? Quand lady Dortheimer découvrirait la disparition du solitaire authentique, de qui se souviendrait-elle ? Mais de l'adorable jeune danseur qui avait fait glisser la bague de son doigt quand les lumières se sont éteintes. Elle ferait faire une enquête, et découvrirait que les danseurs qu'elle avait engagés à l'origine avaient été payés pour faire défection. Et si les enquêteurs remontaient jusqu'à ce bureau, tout ce que je pourrais raconter à propos d'une Mrs Saint John paraîtrait aussi solide qu'un château de cartes. Lady Dortheimer n'a jamais connu la moindre Mrs Saint John, et mon histoire aurait eu l'air fabriquée de toutes pièces.

» Vous comprenez, j'en suis convaincu, que je ne pouvais laisser les choses aller jusque-là. C'est pourquoi mon ami Claude a remis au doigt de lady Dortheimer *la bague qu'il avait enlevée.*

» Et vous comprenez aussi, reprit Mr Parker Pyne dont le sourire avait perdu toute trace de bienveillance, pourquoi je ne peux accepter d'honoraires. Ce que je garantis à mes clients, c'est le bonheur. Or, il est évident que je ne *vous* ai pas rendue heureuse. Je voudrais vous dire encore un mot. Vous êtes jeune encore. C'est peut-être votre première tentative dans ce genre d'activité. Moi, au contraire, je suis d'un âge déjà avancé, et j'ai une longue expérience dans l'interprétation des statistiques. Et, d'après mon expérience, je peux assurer que la malhonnêteté est punie dans 87 pour cent des cas... 87 pour cent !... Réfléchissez-y !...

D'un seul élan, la pseudo-Mrs Saint John se dressa :

— Vous n'êtes qu'un vieux saligaud répugnant ! cria-t-elle. Me faire marcher à ce point-là !... Me facturer des frais !... Et, depuis le début...

Elle étouffait de rage. Elle se rua vers la porte.

— Votre bague, souffla Mr Parker Pyne en la lui tendant.

Elle la prit, la regarda un instant, puis la jeta par la fenêtre grande ouverte.

La porte claqua. Elle était partie.

Mr Parker Pyne regarda par la fenêtre avec attention :

« Comme je le pensais bien, se dit-il à lui-même, un effet de surprise considérable a été obtenu. Le marchand de journaux n'en revient pas. »

4

LE MARI MÉCONTENT
(The Case of the discontented Husband)

Sans aucun doute, l'un des meilleurs atouts de Mr Parker Pyne résidait en son don d'attirer la sympathie et de pousser aux confidences. Il n'ignorait rien de l'espèce de paralysie qui saisissait ses clients dès qu'ils pénétraient dans son bureau, mais il savait comment les amener à lui faire d'indispensables révélations.

Ce matin-là, il se trouvait en face d'un client nouveau, un certain Reginald Wade. Mr Wade, il l'avait compris tout de suite, était peu doué pour la parole. C'était le genre d'homme incapable d'exprimer en mots tout ce qui relève des sentiments.

Grand, bien bâti, avec de paisibles yeux bleu clair, Mr Wade arborait un hâle superbe. Tirant distraitement sur sa moustache, il jetait sur Mr Parker Pyne un regard où se lisait toute la détresse d'un animal qui ne sait pas parler.

— J'ai vu votre annonce, vous savez, finit-il par lâcher. J'ai pensé que je ne risquais rien à faire un saut. J'ai trouvé ça bizarre, mais on ne sait jamais, hein ?...

Le sens profond du propos n'échappa pas à Mr Parker Pyne :

— Quand ça ne va pas bien, on est toujours plus disposé à prendre quelques risques, remarqua-t-il.

— C'est ça. C'est tout à fait ça. Je suis prêt à tenter ma chance. La première chance qui se présente. J'ai de gros problèmes, Mr Pyne, et je ne sais pas comment m'en sortir. C'est difficile, vous savez. Sacrément difficile...

— C'est justement là que j'interviens. Parce que moi, je *sais* quoi faire ! souligna Mr Parker Pyne. Ma spécialité, ce sont les problèmes humains, quels qu'ils soient.

— Ah ! je vois... C'est un peu complexe, non ?...

— Pas vraiment. Les problèmes que nos semblables sont susceptibles d'avoir à affronter peuvent être classés sous quelques vastes rubriques génériques. Il y a la maladie. Il y a l'ennui. Il y a les femmes qui ont des difficultés avec leur mari. Et...

Là, Mr Parker Pyne marqua un temps d'arrêt.

— ... et les maris qui ont des difficultés avec leur femme.

— Je dois reconnaître que c'est bien vu. C'est vraiment bien vu...

— Eh bien, parlez-m'en, ordonna doucement Mr Parker Pyne.

— Oh... Ce sera vite dit. Ma femme veut que je lui accorde le divorce pour qu'elle puisse épouser un autre homme.

— De nos jours, rien de plus banal. Mais j'ai le sentiment qu'en ce qui vous concerne, vous n'envisagez pas tout à fait les choses de la même façon.

— Je tiens beaucoup à elle, répondit simplement Mr Wade. Vous comprenez... Oui, je tiens beaucoup à elle.

On n'eût pu trouver explication plus simpliste et, à la limite, plus plate. Mais, pour Mr Parker Pyne, c'était tout aussi explicite que si son interlocuteur s'était exclamé : « Je la vénère !... Je baise la poussière qui porte la trace de son pas !... Je voudrais pouvoir me faire couper en petits morceaux pour elle !... »

— De toute manière, reprit Mr Wade, qu'est-ce que vous voulez que je fasse ?... Je veux dire qu'un homme dans mon cas n'a pas grand choix. Si elle préfère ce bonhomme... Il n'y a plus qu'à jouer le jeu, hein ?... Se mettre sur la touche, et ainsi de suite...

— Son idée, c'est que vous consentiez au divorce ?

— Bien sûr. Vous n'imaginez quand même pas que c'est moi qui la forcerais à aller devant les tribunaux !...

Mr Pyne jeta à Mr Wade un regard attentif :

— Et, cependant, vous êtes venu me voir... Pourquoi ?

— Je ne sais pas, répondit Mr Wade, avec un petit rire gêné. Vous savez, je ne suis pas quelqu'un de très intelligent. J'ai de la peine à réfléchir. J'ai pensé que vous pourriez... Eh bien, que vous pourriez me donner des idées... Vous comprenez, elle m'a accordé un sursis de six mois. Si, dans six mois, elle n'a pas changé d'avis, je n'aurai plus qu'à partir... J'ai pensé que vous auriez un ou deux tuyaux pour un type dans ma situation. En ce moment, tout ce que je peux imaginer l'agace.

» Vous comprenez, Mr Pyne, le nœud du problème, c'est que je ne suis vraiment pas un intellectuel. Ce que je préfère, c'est taper dans une balle. Mon plaisir à moi, ça consiste à faire un parcours de golf, ou un set au tennis. Mais en musique, ou en art, et tout ça, je suis nul... Ma femme, c'est une cérébrale. Elle aime la peinture, et l'opéra, et les concerts, et, naturellement, elle s'ennuie avec moi. Tandis que cet individu — un type assez déplaisant, avec les cheveux longs... — évolue au milieu de tout ça comme un poisson dans l'eau. Il sait en parler. Moi pas. Je dois reconnaître que je comprends qu'une femme aussi cultivée et aussi belle se soit lassée d'un béotien dans mon genre.

— Vous êtes marié... depuis combien de temps ?... Neuf ans, à mon avis, gronda Mr Parker Pyne. Et je suis sûr que cela fait neuf ans que vous avez la même attitude... Vous vous êtes trompé de registre, mon cher monsieur. Un vrai désastre !... Il ne faut jamais montrer ses complexes à une femme, car elle vous jugera comme vous vous jugez... Et vous ne l'aurez pas volé !... Non, ce que vous auriez dû faire, c'est mettre en valeur vos qualités de sportif... Parler de l'art et de musique en disant : « Vous savez, toutes ces chinoiseries qui enchantent ma femme »... Vous auriez même dû la plaindre d'être une aussi piètre sportive... En matière conjugale, cher monsieur, le complexe d'infériorité est le plus sûr chemin vers la catastrophe !... Pas une femme ne le supporte !... Et je ne suis pas surpris que votre épouse ne l'ait pas supporté !...

— Ça alors ! béa Mr Wade, les yeux écarquillés. Qu'est-ce que vous croyez que je dois faire ?...

— C'est bien là le vrai problème. Ne pensons plus à ce qu'il aurait fallu dans le passé. C'est d'une stratégie nouvelle qu'il s'agit maintenant. Avez-vous déjà eu des aventures avec d'autres femmes ?

— Bien sûr que non !...

— Pas même le moindre flirt ?

— Je ne me suis jamais beaucoup intéressé aux femmes...

— C'est une erreur. Il faut vous y mettre.

Une expression d'inquiétude naquit sur le visage de Mr Wade :

— Mais, voyons, je ne pourrai jamais !... Je veux dire que...

— Ne vous inquiétez pas. L'une de mes employées sera chargée de cette mission. Elle vous indiquera tout ce que vous avez à faire. Il sera entendu, dès le départ, que tout ce qui se passera en sa compagnie relèvera, purement et simplement, d'un contrat d'affaires conclu entre nous.

— Je préfère ça, souffla Mr Wade, soulagé. Mais croyez-vous vraiment... Enfin, il me semble qu'avec ça, Iris n'en aura que plus envie de se débarrasser de moi...

— Vous avez de la peine à saisir les ressorts de la nature humaine, Mr Wade. Et vous comprenez moins encore le fond de la nature féminine. A l'heure actuelle, du point de vue d'une femme, vous êtes, si j'ose m'exprimer ainsi, comme un produit périmé que personne ne veut acheter. Et quelle femme voudrait quelque chose dont personne ne veut ?... Aucune, assurément !... Mais que se passerait-il si, par hypothèse, nous changions la perspective, et si nous amenions votre épouse à croire que vous êtes tout aussi désireux qu'elle-même de retrouver votre liberté ?...

— Elle devrait en être enchantée.

— Elle devrait, peut-être, mais ce ne sera pas le

cas !... En plus, elle constatera que vous avez séduit une jeune femme très attirante... Une jeune femme qui peut choisir qui lui plaît... Les cours de l'action Reginald Wade vont sur-le-champ bondir à la hausse. Votre épouse apprendra bien vite ce que tous ses amis raconteront : qu'en fait, c'est *vous* qui en aviez assez d'elle, que c'est *vous* qui vouliez le divorce, et que si vous le vouliez, c'était pour épouser une femme beaucoup plus séduisante. Et, croyez-moi, cela ne lui plaira pas du tout !...

— Vous en êtes sûr ?...

— Absolument. D'un seul coup, vous ne serez plus « ce pauvre vieux Reggie ». Vous deviendrez « ce cavaleur de Reggie »... Vous voyez un peu la différence !... Et, sans pour autant renoncer à l'homme qui est dans sa vie, elle va, sans aucun doute, tenter de vous reconquérir. Mais vous ne vous laisserez pas attendrir. Vous jouerez à l'homme raisonnable, et vous lui resservirez ses propres arguments, du genre « Il vaut mieux qu'on se sépare... Nous avons des personnalités trop contradictoires »... Comprenez bien que si ce qu'elle vous a dit est vrai — car il est vrai que vous ne l'avez jamais vraiment comprise —, il est non moins vrai qu'elle n'a jamais essayé de vous comprendre. Mais laissons cela pour l'instant... Vous recevrez toutes les instructions nécessaires en temps utile.

Mais Mr Wade ne paraissait toujours pas convaincu :

— Vous croyez réellement que votre plan peut réussir ? interrogea-t-il, dubitatif.

— Je ne vous dirai pas que j'en suis sûr à cent pour cent, répondit Mr Parker Pyne avec quelque prudence. Nous ne pouvons totalement écarter l'éventualité que votre femme soit si éprise de cet autre homme qu'elle se moque totalement de ce que vous pourrez dire ou faire, mais j'estime que c'est très peu probable. Non, voyez-vous, c'est sans doute par ennui qu'elle en est arrivée là... Elle était lasse de l'adoration aveugle et de la fidélité absolue que vous aviez le plus grand tort de lui manifester... Enfin, je dirais que, si vous vous conformez à mes instructions, vous avez quatre-vingt-dix-sept pour cent de chances en votre faveur.

— La cote est bonne, concéda Mr Wade. Je prends le pari... A propos... Euh... Combien vous dois-je ?...

— Mes honoraires sont fixés à deux cents guinées, payables par avance.

Mr Wade se saisit de son chéquier.

Le soleil de l'après-midi mettait en valeur les gazons de Lorrimer Court. Iris Wade, sur une chaise longue, apportait au paysage une suave nuance de couleur. Elle était vêtue de mauve pâle, et un maquillage habile lui permettait de paraître bien plus jeune que ses trente-cinq ans.

Elle poursuivait une conversation animée avec son amie, Mrs Massington, chez qui elle était toujours sûre de rencontrer une oreille pleine de compréhension : les deux femmes étaient affligées d'époux incapables de parler d'autre chose que de Bourse et de golf.

— ... et c'est ainsi qu'on finit par apprendre à vivre et à laisser vivre, conclut Iris Wade.

— Vous êtes merveilleuse, ma chérie, répondit Mrs Massington.

Puis elle ajouta, peut-être un peu trop vite :

— Mais, dites-moi, qui est en réalité cette fille ?

— Il ne faut pas trop m'en demander ! s'exclama Iris Wade en haussant les épaules. Reggie l'a dénichée. C'est la petite amie de Reggie !... C'est fou, non ?... Lui qui ne s'est jamais intéressé au moindre jupon, imaginez-vous qu'il est venu me voir tout gêné et qu'il a tourné des heures autour du pot avant d'oser me dire finalement qu'il voulait inviter cette miss de Sara ici pour le week-end. Cela m'a fait rire, évidemment. Je n'ai pas pu m'en empêcher. Reggie !... Vous vous rendez compte !... Enfin, elle est là...

— Où est-ce qu'il l'a rencontrée ?

— Je ne sais pas. Il est resté très vague sur tout ça.

— Il la connaît peut-être depuis longtemps.

— Ça, je ne crois pas, répondit Iris Wade. Bien entendu, je suis enchantée. En-chan-tée. Ça me facilite les choses. Croyez-moi, j'étais très ennuyée pour

Reggie, qui est quand même un vieil ami. Je n'ai pas arrêté de dire à Sinclair que nous allions faire du mal à Reggie, mais il était persuadé qu'il s'en remettrait très vite et il me semble bien qu'il avait raison. Il y a deux jours, Reggie était en pleine dépression... Et le voilà qui invite cette fille !... Comme je vous le disais, cela m'amuse vraiment. J'aime que Reggie soit bien dans sa peau. Je me demande si le pauvre vieux ne pensait pas que je pourrais être jalouse. Quelle absurdité !... « Bien sûr, lui ai-je dit, invitez votre amie. » Pauvre Reggie !... Comme si une fille comme elle pouvait s'intéresser à lui !... Elle ne pense qu'à prendre du bon temps...

— Elle est extrêmement séduisante, remarqua Mrs Massington. Dangereusement séduisante, si vous me suivez bien... Tout à fait le genre de fille qui ne s'intéresse qu'aux hommes. On ne me fera jamais dire que c'est quelqu'un de très sympathique.

— Je suis tout à fait de votre avis, approuva Iris Wade.

— Elle s'habille très bien, reprit Mrs Massington.

— Un peu voyant, vous ne trouvez pas ?

— Et sûrement très cher...

— Beaucoup de galette... Elle a trop l'air d'avoir de la galette.

— Ils arrivent, conclut Mrs Massington.

Madeleine de Sara et Reggie Wade approchaient. Ils parlaient avec animation, riaient, semblaient parfaitement heureux. Madeleine se laissa tomber sur une chaise, arracha le béret qu'elle portait, et passa les mains dans ses magnifiques boucles de jais.

Elle était incontestablement très belle.

— Nous avons passé un après-midi formidable ! s'écria-t-elle. Je meurs de chaleur !... Et je dois être affreuse !...

Reggie Wade se mit en devoir de lui donner la réplique :

— Vous avez l'air de... vous avez l'air de... Je ne vous le dirai pas, lâcha-t-il avec un petit rire.

Le regard de Madeleine croisa le sien. Mrs Massington nota avec inquiétude qu'elle paraissait trop bien le comprendre.

— Vous devriez absolument jouer au golf, confia Madeleine à son hôtesse. Vous ne savez pas ce que vous manquez !... Pourquoi ne vous lanceriez-vous pas ? J'ai une amie qui a tenté le coup et qui est devenue très bonne, et elle est bien plus âgée que vous...

— Ce genre de choses ne m'intéresse pas, répliqua froidement Iris.

— Vous n'êtes pas sportive ?... Quel dommage pour vous... Vous devez vous sentir un peu isolée... Voyez-vous, Mrs Wade, on enseigne si bien de nos jours que tout le monde peut arriver à bien jouer. L'été dernier, je n'ai pas cessé d'améliorer mon jeu au tennis. Mais je reconnais qu'au golf, je suis nulle.

— Quelle sottise ! fit remarquer Reggie. Vous n'avez besoin que de quelques cours. Pensez un peu aux coups que vous avez réussis cet après-midi...

— C'est parce que vous m'avez tout montré. Vous êtes un professeur remarquable. Il y a un tas de gens qui sont incapables d'enseigner. Mais vous, vous avez un vrai don. Ce doit être formidable pour vous : vous pouvez faire n'importe quoi...

— Allons donc !... Je suis nul... Je ne sers à rien, se fâcha Reginald Wade, confus.

Madeleine se tourna vers Iris Wade :

— Vous devez être très fière de lui. Je me demande comment vous avez fait pour qu'il vous reste fidèle pendant tant d'années ?... Je pense que vous avez dû être très maligne... Ou bien peut-être que vous l'avez caché dans un coin ?...

Reggie marmonna quelques mots pour indiquer qu'il allait se changer, et s'en fut.

Iris Wade ne répondit pas. Elle reprit son livre d'une main qui tremblait.

— C'est charmant de votre part de m'avoir invitée, continua Madeleine. Il y a tant de femmes qui se méfient des amies de leur mari. Moi, je trouve que la jalousie est ridicule. Pas vous ?

— Oh, si !... Je ne m'imagine vraiment pas jalouse de Reggie.

— Ça, c'est très bien !... Parce que tout le monde peut voir que c'est un homme terriblement séduisant, qui ne peut laisser aucune femme indifférente. Quand j'ai appris qu'il était marié, ça m'a fait un choc !... Pourquoi faut-il que tous les hommes séduisants se fassent pincer dès leur jeunesse ?...

— Je suis contente que vous trouviez Reggie aussi séduisant, dit Iris Wade.

— Il faut bien avouer qu'il l'est, non ?... Il est si beau gosse, si... viril, tellement sportif... Et sa façon de faire croire qu'il ne s'intéresse pas aux femmes... Ça nous stimule, évidemment...

— Je suppose que beaucoup d'hommes sont vos amis, grinça Iris Wade.

— Exact. Je préfère les hommes aux femmes. Les femmes ne me trouvent jamais vraiment sympathique. Je ne comprends pas pourquoi.

— Peut-être êtes-vous trop sympathique à leurs maris..., remarqua Mrs Massington avec un rire argentin.

— Vous savez, il y a des gens qu'on en arrive à plaindre de tout cœur. Il y a tant d'hommes formidables qui sont empêtrés d'épouses barbantes. Des bas-bleus, ou des prétentieuses qui ne s'intéressent qu'à l'art. Normal que ces hommes recherchent des femmes jeunes et jolies à qui parler. Je pense que les idées d'aujourd'hui sur le mariage et le divorce sont tout à fait sensées. Quand on est encore jeune, c'est bien de recommencer sa vie avec quelqu'un qui partage vos goûts et vos idées. Au bout du compte, c'est mieux pour tout le monde. Je veux dire qu'une intellectuelle tombera probablement sur un type aux cheveux longs dans son genre qui fera très bien son affaire. Non... je suis convaincue que boucler son bilan et prendre un nouveau départ est une conduite très raisonnable. N'êtes-vous pas de mon avis, Mrs Wade ?...

— Absolument.

Madeleine parut à cet instant comprendre que l'ambiance s'était refroidie. Elle murmura qu'elle allait se changer pour le thé, et quitta les deux femmes.

— Ces filles d'aujourd'hui sont vraiment d'épouvantables créatures, grinça Mrs Wade. Elles n'ont pas la moindre idée dans le crâne.

— Iris, je peux vous dire qu'elle en a au moins une,

répliqua Mrs Massington. Cette petite est amoureuse de Reggie.

— C'est stupide !...

— Elle est amoureuse, vous dis-je. J'ai vu comment elle le regarde. Elle se fiche comme de l'An Quarante de savoir s'il est marié ou non. Elle le veut, tout simplement. Je trouve ça répugnant.

Iris Wade garda un moment le silence, avant de lâcher, dans l'incertitude d'un petit rire :

— Après tout, quelle importance ?...

Elle partit elle aussi pour se changer, et trouva son mari qui s'habillait dans son cabinet de toilette en fredonnant.

— Eh bien, chéri ? En forme ? demanda-t-elle.

— Euh... Oui... Euh... Assez en forme...

— J'en suis contente. Je veux que vous soyez heureux.

— Oui... En forme...

Reginald Wade n'était pas très doué quand il s'agissait de jouer la comédie, mais il se trouva que l'embarras profond que lui causait son rôle produisit tout de même l'effet recherché. Il évitait le regard de sa femme et sursautait quand elle s'adressait à lui. Il se sentait honteux de lui-même et détestait ce qu'il considérait comme une mauvaise farce. Mais tout était bien : il offrait la vivante image d'une conscience coupable.

— Depuis quand la connaissez-vous ? interrogea soudain Iris Wade.

— Euh... Qui ça ?

— Miss de Sara, naturellement.

— Eh bien, euh... Je ne sais pas... Depuis un certain temps...

— Ah oui ?... Vous ne m'aviez jamais parlé d'elle.

— Ah bon ?... J'ai dû oublier.

— Je vous en ficherai, des oublis !... éclata Iris Wade, qui claqua la porte dans un grand frissonnement de mousseline mauve.

Après le thé, Mr Wade emmena miss de Sara visiter la roseraie. Pendant qu'ils traversaient le gazon, ils pouvaient sentir que deux paires d'yeux ne lâchaient pas leurs silhouettes.

Quand ils furent enfin à l'abri des regards au

milieu des rosiers, Mr Wade se sentit libre d'exprimer ses états d'âme :

— Ecoutez, je crois qu'il faut tout arrêter. Maintenant, ma femme me regarde comme si elle me haïssait.

— Ne vous inquiétez pas, le rassura Madeleine. Tout se passe très bien.

— Vous en êtes sûre ? Vous comprenez, je ne veux pas la dresser contre moi. Pendant le thé, elle a dit beaucoup de choses désagréables.

— Tout se passe au mieux, répéta Madeleine. Vous vous débrouillez admirablement.

— Vous le pensez vraiment ?

— Oui. Attention, votre femme est en train de venir jusqu'au coin de la terrasse, poursuivit-elle d'une voix plus basse. Elle veut surveiller ce que nous faisons. Vous devriez m'embrasser.

— Oh ! s'exclama Mr Wade, très inquiet. Il faut vraiment ?... Je veux dire...

— Embrassez-moi ! siffla Madeleine.

Mr Wade l'embrassa. Il n'y mit peut-être pas tout l'élan voulu, mais Madeleine se hâta d'y remédier en lui jetant les bras autour du cou. Mr Wade se crut atteint de vertige.

— Oh !... souffla-t-il.

— Cela vous a beaucoup déplu ? demanda Madeleine.

— Bien sûr que non, répondit Mr Wade avec courtoisie. J'ai... j'ai seulement été pris par surprise.

Et il ajouta, non sans une certaine nostalgie :

— Vous ne croyez pas que nous sommes restés assez longtemps dans la roseraie ?

— Je pense que oui, dit Madeleine. Nous venons d'y faire du très bon travail.

Ils revinrent au jardin. Mrs Massington les informa que Mrs Wade était partie s'allonger.

Quelques minutes plus tard, la mine contrite, Mr Wade s'en vint trouver Madeleine :

— Elle est dans un état épouvantable. Hystérique !...

— Très bien.

— Elle m'a vu vous embrasser.

— C'était bien notre intention.

— Je sais, mais je ne pouvais pas le lui raconter, n'est-ce pas ?... Je ne savais pas quoi lui dire... Je lui ai dit seulement que c'était arrivé, et voilà tout...

— C'est parfait.

— Elle dit que vous complotez pour m'épouser, et que vous n'êtes qu'une petite traînée. Cela m'a rendu malade... Je trouve que vous n'avez pas de chance. Je veux dire que vous ne faites que votre travail. Alors je lui ai dit que j'avais pour vous infiniment de respect et que tout ce qu'elle disait était complètement faux, et je crains bien de m'être emporté quand elle a voulu continuer sur ce sujet.

— C'est magnifique.

— Alors elle m'a ordonné de sortir. Elle ne veut plus m'adresser la parole. Elle a parlé de faire ses valises et de quitter la maison.

Le visage de Reginald Wade montrait tous les signes de la détresse.

— Je vais vous dire quelle réponse il faut lui faire, sourit Madeleine. Dites-lui que c'est vous qui allez partir. Que vous faites vos bagages et que vous retournez en ville.

— Mais je n'en ai pas la moindre intention !...

— C'est aussi bien comme ça. Vous n'aurez pas à partir. Votre femme ne supporterait pas l'idée que vous vous amusiez à Londres de votre côté.

Le matin suivant, Reggie Wade avait des nouvelles toutes fraîches pour Madeleine :

— Elle m'a dit qu'elle a réfléchi, et que ce ne serait pas chic de sa part de s'en aller alors qu'elle avait été d'accord pour rester six mois. Mais elle a dit aussi que, puisque je recevais mes amis ici, il n'y avait pas de raison pour qu'elle ne reçoive pas les siens. Elle a décidé d'inviter Sinclair Jordan.

— C'est l'*autre* ?...

— Oui. Et je veux bien être damné si je l'accepte sous mon toit...

— Mais il le faut, l'apaisa Madeleine. Ne vous faites pas de souci. Je m'occuperai de lui. Dites à votre femme que vous avez réfléchi vous aussi, que vous n'avez finalement aucune objection, et que vous savez qu'elle ne se formalisera pas que vous m'ayez demandé de rester.

— Oh, Seigneur !... gémit Mr Wade.

— Ce n'est pas le moment de perdre courage, dit Madeleine. Tout se passe à merveille. Dans quinze jours, tous vos problèmes seront résolus.

— Dans quinze jours ? Vous y croyez ?

— Je n'y crois pas. J'en ai la certitude, répliqua Madeleine.

Une semaine plus tard, Madeleine de Sara pénétra dans le bureau de Mr Parker Pyne où, épuisée, elle se laissa tomber dans un fauteuil.

— Entrée de la reine des vamps ! sourit Mr Parker Pyne.

— Parlons-en, des vamps ! répondit-elle avec un rire qui sonnait faux. Je n'ai jamais eu autant de mal à séduire. Cet homme est littéralement obnubilé par sa femme !... C'est comme une maladie !...

— C'est vrai, sourit Mr Parker Pyne. D'une certaine façon, cela rend notre mission plus facile. Ma chère Madeleine, il est beaucoup d'hommes que je n'oserais pas soumettre le cœur léger à votre pouvoir de fascination.

Elle rit franchement cette fois :

— Si vous saviez la peine qu'il m'a fallu ne serait-ce que pour qu'il m'embrasse en ayant l'air d'aimer ça !...

— C'est une expérience nouvelle pour vous, ma chère. Bon. Avez-vous accompli votre tâche ?

— Oui. Je crois que tout va bien. Nous avons eu hier soir une scène extraordinaire. Voyons... Je vous ai fait mon dernier rapport il y a trois jours ?

— C'est cela.

— Eh bien, comme je vous l'ai dit, je n'ai pas eu besoin de regarder deux fois cette larve de Sinclair Jordan. Il a été à mes pieds tout de suite... En particulier parce que mes toilettes lui ont fait croire que j'avais de l'argent. Il va de soi que Mrs Wade était en rage. Sous son nez, les deux hommes de sa vie ne cessaient de me danser la danse de la séduction. Mais j'ai très vite montré où allaient mes préférences. Je me suis payé sans vergogne la tête de Sinclair Jordan. Je me suis moquée de sa manière de s'habiller et de ses cheveux longs. Et j'ai fait remarquer à haute et intelligible voix qu'il avait les genoux cagneux !...

— Voilà une procédure digne d'éloges, approuva Mr Parker Pyne.

— Tout a fini par exploser hier soir. Mrs Wade est enfin sortie du bois. Elle m'a accusée de briser son ménage. Reggie Wade a quand même essayé de faire allusion à Sinclair Jordan. Elle a affirmé qu'il n'était entré dans son existence qu'à cause de sa solitude et de son manque de bonheur. Elle nous a dit qu'elle avait remarqué que son mari s'éloignait d'elle depuis quelque temps, mais qu'elle ne savait pas pourquoi. Et elle a fini par dire qu'elle avait toujours été formidablement heureuse, qu'elle était sûre d'adorer son mari, et qu'elle ne voulait que lui et personne d'autre.

» Moi, je lui ai rétorqué que c'était un peu tard. Et Mr Wade s'est parfaitement conformé à nos directives. Il lui a dit qu'il s'en fichait complètement !... Qu'il avait l'intention de m'épouser !... Que Mrs Wade pouvait avoir son Sinclair tout à elle quand il lui plairait !... Qu'il n'y avait aucune raison pour ne pas entamer tout de suite la procédure de divorce !... Et qu'il serait complètement idiot d'attendre six mois de plus !...

» Il lui a indiqué que, dans les jours à venir, il lui fournirait tous les éléments dont elle pourrait avoir besoin pour nourrir le dossier de son avocat. Il a été jusqu'à dire qu'il ne pouvait pas vivre sans moi. Alors Mrs Wade a porté la main à son sein. Elle a parlé de problèmes cardiaques. Et il a fallu lui donner du cognac pour qu'elle se remette. Mais il est resté sur ses positions. Il est rentré en ville ce matin, et je suis convaincue qu'à l'heure qu'il est, elle marche sur ses talons.

— Eh bien, tout va dans le bon sens ! se félicita Mr Parker Pyne. Voilà une affaire qui ne nous apporte que des satisfactions !...

On ouvrit la porte à la volée. Reggie Wade se tenait sur le seuil.

— Est-ce qu'elle est là ? demanda-t-il d'une voix

impérieuse, en pénétrant dans le bureau. Où est-elle ?

Il aperçut Madeleine :

— Ma chérie, s'écria-t-il en lui prenant les deux mains. Ma chérie... Ma chérie... Vous savez, bien sûr, que je parlais sérieusement, hier soir... Que j'ai vraiment pesé le moindre des mots que j'ai dits à Iris... Je n'arrive pas à comprendre pourquoi j'ai gardé si longtemps la tête sous l'aile. Mais, depuis trois jours, je sais ce que je veux !...

— Vous savez... quoi ? gémit Madeleine.

— Que je vous adore !... Qu'aucune femme à part vous n'existe au monde. Iris aura son divorce et, après ça, vous m'épouserez, n'est-ce pas ?... Dites que vous me direz oui, Madeleine. Je vous adore !...

Il saisit dans ses bras une Madeleine interdite, au moment même où la porte s'ouvrait à nouveau. Cette fois, c'était une femme mince, dans un ensemble vert quelque peu négligé, qui se dressait sur le seuil.

— Je ne m'étais pas trompée ! cracha la nouvelle venue. Je vous ai suivi !... Je savais bien que vous viendriez la retrouver !...

Mr Parker Pyne mit quelque temps à retrouver son calme :

— Je puis vous assurer que...

Mais la femme ne lui prêta pas la moindre attention, et coupa :

— Reggie, mon chéri, vous ne voulez pas me faire mourir de chagrin. Je vous demande seulement de revenir. Je ne parlerai jamais de ce qui s'est passé. J'apprendrai à jouer au golf !... Et je n'aurai plus d'amis que vous n'aimez pas !... Après toutes ces années où nous avons été si heureux ensemble...

— Jusqu'à aujourd'hui, je n'avais jamais été heureux, trancha Mr Wade sans cesser de regarder Madeleine. Laissez tomber, Iris !... Vous vouliez épouser ce cornichon de Jordan ?... Eh bien, fichez le camp, et épousez-le...

— Je le déteste, je ne peux même pas supporter sa vue, gémit Mrs Wade.

Puis elle se tourna vers Madeleine :

— Vous n'êtes qu'une vicieuse !... Un vampire !... Vous avez voulu me voler mon mari !...

— Mais je n'en veux pas de votre mari ! protesta Madeleine.
— Madeleine !... s'écria Mr Wade avec un regard plein de détresse.
— Je vous en prie, partez ! souffla Madeleine.
— Voyons !... Je ne fais pas semblant !... Je pense vraiment ce que je dis !...
— Oh, fichez le camp ! cria Madeleine, à la limite de l'hystérie.

Reggie se dirigea à regret vers la porte :
— Je reviendrai, annonça-t-il. Vous n'avez pas fini de me voir...

Il claqua le battant et s'en fut.
— Les filles de votre espèce devraient être fouettées et marquées au fer ! s'exclama Mrs Wade. Jusqu'à ce que vous débarquiez, Reggie était positivement un ange !... Et, maintenant, il a tellement changé que je ne le reconnais plus !...
En sanglots, elle s'élança à la poursuite de son mari.

Madeleine et Mr Parker Pyne se regardaient, pensifs :
— Je n'y peux rien, dit Madeleine. Il est adorable... La crème des hommes... Mais je n'ai pas l'intention de l'épouser... Et je n'en ai jamais eu la moindre intention... Si vous saviez le mal que j'ai eu pour qu'il consente à m'embrasser !...

Mr Parker Pyne se racla la gorge.
— Il me faut bien admettre, dit-il, que j'ai commis une erreur de jugement.

Il secoua tristement la tête et, tirant vers lui le dossier de Mr Wade, inscrivit :

« *ECHEC — dû à des causes naturelles.*
N.B. Il eût fallu les prévoir. »

5

L'EMPLOYÉ DE BUREAU
(The Case of office Clerk)

Mr Parker Pyne se carra pensivement dans son fauteuil pivotant et examina son visiteur. Il vit un petit homme râblé, dans les quarante-cinq ans, l'œil timide et étonné, et qui le fixait avec une sorte d'espoir anxieux.

— J'ai vu votre annonce dans le journal, dit le petit homme avec nervosité.

— Vous avez des problèmes, Mr Roberts ?

— Euh, non... enfin pas exactement.

— Vous êtes malheureux ?

— Je n'irai pas jusqu'à dire ça non plus. J'ai bien des raisons de m'estimer heureux.

— Qui n'en a pas ? dit Mr Parker Pyne. Mais quand on en est au point de s'en dresser la liste, c'est mauvais signe.

— Voilà ! dit le petit homme avec feu. C'est exactement cela. Vous avez mis le doigt dessus, monsieur.

— Si vous me parliez de vous, suggéra Mr Parker Pyne.

— Il n'y a pas là matière à un discours, monsieur. Comme je vous l'ai dit, je n'ai pas à me plaindre. J'ai un travail ; j'ai pu mettre un peu d'argent de côté ; les enfants poussent bien et sont en bonne santé.

— Alors, vous voulez... quoi ?

— Je... Je ne sais pas. (Il rougit.) J'imagine que cela vous paraît idiot, monsieur.

— Mais pas du tout, dit Mr Parker Pyne.

Par le jeu d'habiles questions, il parvint à susciter les confidences. Mr Roberts parla de lui — de son travail dans une firme réputée ; de sa lente mais régulière ascension ; de son mariage ; des efforts de tous les jours pour être comme il faut, donner une bonne éducation aux enfants, les « tenir propres » ; de tous ces calculs, ces plans, ces économies de bout de chandelle pour mettre de côté quelques sous par an. C'était la saga d'une vie d'efforts sans fin que Mr Parker Pyne entendait là.

— Et, bon, vous savez ce que c'est, avoua Mr Roberts, la femme n'est pas là. Partie quelques jours chez sa mère avec les deux enfants. Ça leur fait un petit changement d'air, et pour elle, un peu de repos. Pas de place pour moi, et nous n'avons pas les moyens d'aller ailleurs. Et donc j'étais seul et je lisais le journal et en voyant votre annonce, je me suis mis à réfléchir. J'ai quarante-huit ans. Je me demandais... Tout est toujours du pareil au même, dit-il finalement — et toute son âme de banlieusard nostalgique passa dans son regard.

— Goûter à la grande aventure pendant dix minutes..., dit Mr Parker Pyne. C'est ça que vous voulez ?

— Eh bien, je ne dirais pas ça comme ça. Mais peut-être que vous avez raison. Juste sortir de la routine, vous voyez. Ensuite, j'y retournerais content — si j'avais seulement quelque chose à me remémorer.

Il regarda anxieusement son interlocuteur.

— Je suppose que ce n'est guère possible, n'est-ce pas ? J'ai... J'ai bien peur de ne pouvoir disposer d'une grosse somme.

— De combien pourriez-vous disposer au juste ?

— Je pourrais aller jusqu'à cinq livres, monsieur.

Et il attendit en retenant son souffle.

— Cinq livres, dit Mr Parker Pyne. Il faut que je réfléchisse, mais j'imagine qu'on doit pouvoir faire quelque chose pour cinq livres. Seriez-vous contre un peu de danger ? demanda-t-il à brûle-pourpoint.

Le visage gris de Mr Roberts prit quelques couleurs.

— Du danger, vous dites ? Oh ! non, monsieur, je ne suis pas contre. Je... Je n'ai jamais rien fait de dangereux.

Mr Parker Pyne sourit.

— Revenez me voir demain, je vous dirai ce que je peux faire pour vous.

Le *Bon Voyageur* est une petite auberge peu connue. Un restaurant fréquenté par quelques habitués qui n'aiment pas beaucoup les têtes nouvelles.

Au *Bon Voyageur*, Mr Pyne fut accueilli avec égards, en familier.

— Mr Bonnington est là ? demanda-t-il.

— Oui, monsieur. Il est à sa table habituelle.

— Bien. Je vais le rejoindre.

Mr Bonnington était un gentleman à l'allure militaire et à la physionomie quelque peu bovine. Il salua son ami avec plaisir.

— Hello, Parker ! Vous vous faites rare, mon vieux. Je ne savais pas que vous veniez ici.

— Ça m'arrive. Surtout quand je veux mettre la main sur un vieil ami.

— Vous parlez de moi ?

— Exact. En fait, Lucas, j'ai pas mal pensé à ce dont nous parlions l'autre jour.

— L'affaire Peterfield ? Vous avez vu la nouvelle ? Non, je suis bête, elle ne paraîtra que dans les journaux du soir.

— Quelle nouvelle ?

— Ils ont assassiné Peterfield la nuit dernière, répondit Mr Bonnington en mangeant placidement sa salade.

— Seigneur ! s'exclama Mr Pyne.

— Oh ! Je ne suis pas autrement surpris. Une vraie tête de mule, le vieux Peterfield. Il ne voulait rien entendre. Refusait de se séparer des plans.

— Ils les ont pris ?

— Non. Il apparaîtrait qu'une femme est passée apporter au professeur une recette pour cuire un jambon. Et le vieux fou, toujours aussi distrait, a mis la recette dans son coffre et les plans dans la cuisine.

— Un coup de veine !

— Un miracle ! Mais je ne sais toujours pas qui va les porter à Genève. Maitland est à l'hôpital, Carslake à Berlin. Je ne peux pas m'absenter. Cela veut dire le jeune Hooper, dit-il en regardant son ami.

— Vous pensez toujours la même chose ? demanda Mr Parker Pyne.

— Absolument. Il a été acheté ! Je le sais. Je n'en ai pas la moindre preuve mais croyez-moi, Parker, quand un type est véreux, je le sais ! Il faut pourtant que ces plans parviennent à Genève. La Ligue en a besoin. Pour la première fois, une invention ne va pas être vendue à une nation, mais remise à la Ligue délibérément.

» Le plus beau geste jamais accompli pour la paix est sur le point d'aboutir. Mais Hooper est un vendu. Vous verrez, il sera drogué dans le train ! Et s'il prend l'avion, l'avion se posera à un endroit commode. Ah ! Bon sang, si je pouvais l'écarter ! Mais la discipline, mon vieux ! La sacro-sainte discipline ! C'est pourquoi je vous ai parlé l'autre jour.

— Et vous vouliez savoir si je connaissais quelqu'un.

— Oui. Je me disais que, dans votre partie, vous pourriez avoir ça. Un va-t-en-guerre quelconque, en mal d'émotions fortes. Si c'est moi qui envoie quelqu'un, il risque fort de se faire descendre. Un homme à vous ne serait sans doute même pas repéré. Mais il faut quelqu'un qui ait du sang-froid.

— Je crois que j'ai votre homme, dit Mr Parker Pyne.

— Dieu merci, il y a encore des gars qui sont prêts à prendre des risques. Eh bien alors, marché conclu ?

— Marché conclu, dit Mr Parker Pyne.

Mr Parker Pyne résuma ses instructions.

— Bon, tout est bien clair ? Vous voyagerez dans un compartiment-couchettes de première classe. Votre destination, Genève. Départ Londres, 10 h 45, *via* Folkestone et Boulogne ; à Boulogne, vous prenez votre couchette. Vous arrivez à Genève le lendemain matin, à 8 heures. Voici l'adresse où vous devez vous rendre. Apprenez-la par cœur avant que je la détruise. Ensuite, vous allez à l'hôtel et vous attendez d'autres instructions. Voilà des francs français et suisses. Cela devrait suffire. C'est bien compris ?

— Oui, monsieur, répondit Mr Roberts, les yeux brillants d'excitation. Excusez-moi, monsieur, mais suis-je autorisé à avoir — euh — une idée de ce que je transporte ?

Mr Parker Pyne eut un sourire patelin.

— Vous transportez un cryptogramme qui révèle la cachette des bijoux de la couronne de Russie, dit-il solennellement. Inutile de vous préciser que des agents bolcheviques vont tenter de vous intercepter. Si vous vous trouvez dans l'obligation de parler de vous-même, je vous conseille de dire que vous venez de toucher un héritage et que vous en profitez pour faire un petit séjour à l'étranger.

Mr Roberts savourait son café en contemplant le lac Léman. Il était heureux et déçu tout à la fois.

Il était heureux parce que, pour la première fois de sa vie, il se trouvait à l'étranger. Et dans ce genre d'hôtel où il n'aurait plus jamais l'occasion de mettre les pieds. Et il n'avait même pas eu à s'inquiéter pour l'argent. La chambre avec salle de bains, les repas succulents, le service attentionné, tout cela l'avait enchanté.

Mais il était déçu parce que, jusqu'à présent, rien ne s'était produit qui ressemblât à l'Aventure. Ni bolchevik caché sous un déguisement, ni Russe enveloppé de mystère sur son chemin. Dans le train, il s'était contenté d'une agréable conversation avec un représentant de commerce français qui parlait couramment l'anglais. Il avait dissimulé les papiers dans sa trousse de toilette, comme on le lui avait ordonné, et les avait remis conformément aux instructions. Il n'avait pas eu de dangers à affronter, et pas davantage n'avait-il sauvé sa peau de justesse. Mr Roberts était déçu.

C'est à ce moment-là qu'un barbu de haute stature murmura « Pardon » avant de s'asseoir à sa table.

— Veuillez m'excuser, dit-il, mais je crois que vous connaissez un de mes amis. Ses initiales sont P.P.

Mr Roberts eut un frisson d'excitation. Enfin un Russe mystérieux se manifestait.

— Euh... En effet.

— Alors, je pense que nous devrions nous comprendre, dit l'étranger.

Mr Roberts l'observa attentivement. Oui, cela commençait à prendre tournure. L'homme, âgé d'une cinquantaine d'années, avait, quoique non Britannique, une allure distinguée. Il portait monocle et arborait à sa boutonnière un petit ruban de couleur.

— Vous avez accompli votre mission de la manière

la plus satisfaisante. Etes-vous prêt à en accomplir une seconde ?

— Oh ! oui, certainement.

— Bien. Vous allez réserver une couchette sur le Genève-Paris de demain soir. Vous demanderez la couchette n° 9.

— Et si elle n'est pas libre ?

— Elle le sera. On y aura veillé.

— La couchette n° 9, répéta Roberts. Bon, c'est enregistré.

— Au cours du voyage, quelqu'un vous dira : « Pardon, monsieur, mais ne vous ai-je pas vu récemment à Grasse ? » A quoi vous répondrez : « J'y étais en effet le mois dernier. » Alors la personne demandera : « Vous vous intéressez aux parfums ? » et vous répondrez : « Oui, je suis fabricant d'essence de jasmin synthétique. » Là-dessus, vous vous mettrez entièrement à la disposition de cette personne. Au fait, êtes-vous armé ?

— N... non, bredouilla le petit Roberts. Non, je ne pensais pas... c'est-à-dire...

— On peut remédier à cela, dit le barbu.

Après s'être assuré que personne ne les observait, il plaça un objet dur et brillant dans la main de Mr Roberts.

— Petite arme, mais efficace, dit-il en souriant.

Mr Roberts, qui n'avait jamais utilisé un revolver de sa vie, le glissa précautionneusement dans sa poche, avec la sensation déplaisante qu'un coup pouvait partir à tout moment. Ils répétèrent les mots de passe ; puis le nouvel ami de Roberts se leva.

— Je vous souhaite bonne chance, dit-il. J'espère que tout ira bien. Vous êtes un homme courageux, Mr Roberts.

« Est-ce que je suis courageux ? s'interrogeait Mr Roberts après le départ de son interlocuteur. En tout cas, je n'ai pas du tout envie de me faire tuer. Ça, sûrement pas ! »

Il fut parcouru d'un agréable frisson où se mêlait cette fois une pointe de malaise.

De retour dans sa chambre, il examina l'arme. Il n'était pas très sûr de savoir comment ça marchait et espéra ne pas avoir à s'en servir. Puis il sortit pour réserver sa place :

Le train quittait Genève à 21 h 30. Roberts arriva en avance à la gare. Le contrôleur prit son billet et son passeport et s'écarta pendant qu'un employé envoyait sa valise dans le filet. D'autres bagages se trouvaient là : une valise en peau de porc et un sac de voyage.

— La couchette n° 9 est celle du bas, dit le contrôleur.

En sortant du compartiment, Roberts se heurta à un individu corpulent qui entrait. Chacun s'écarta en s'excusant, Roberts en anglais, l'autre en français. C'était un homme de forte carrure, le crâne rasé et le regard soupçonneux derrière les verres épais de ses lunettes.

« Sale tête », se dit le petit Roberts.

Il sentait comme une menace émaner de son compagnon de voyage. Etait-ce pour le surveiller qu'on lui avait demandé de retenir la couchette n° 9 ? Peut-être, pensa-t-il.

Il retourna dans le couloir et, comme il restait encore dix minutes avant le départ du train, il se dit qu'il allait se dégourdir les jambes sur le quai. En chemin, il vit venir une dame précédée du contrôleur et s'effaça pour les laisser passer. A ce moment-là, le sac de la voyageuse lui échappa des mains. Roberts le ramassa et le lui tendit.

— Merci, monsieur.

Elle s'était exprimée en anglais mais sa voix était celle d'une étrangère, une belle voix grave, extrêmement séduisante.

Sur le point de passer, elle parut hésiter puis murmura :

— Pardon, monsieur, mais ne vous ai-je pas vu récemment à Grasse ?

Roberts sentit son cœur bondir dans sa poitrine. Il allait devoir se mettre à la disposition de cette ravissante créature ? Car ravissante, elle l'était, incontestablement. Ravissante, aristocratique et riche, de surcroît. Elle portait un manteau de fourrure, un chapeau élégant. Des perles luisaient à son cou. Ses cheveux étaient bruns et ses lèvres écarlates.

Roberts répondit comme convenu :
— J'y étais en effet le mois dernier.
— Vous vous intéressez aux parfums ?
— Oui, je fabrique de l'essence de jasmin synthétique.

Elle inclina la tête et s'en fut, laissant derrière elle un murmure :
— Dans le couloir, dès le départ du train.

Les dix minutes suivantes parurent une éternité à Roberts. Enfin, le train s'ébranla. Il remonta lentement le couloir. La dame au manteau de fourrure bataillait avec une fenêtre. Il se précipita à son aide.
— Merci, monsieur. Un petit peu d'air, avant qu'on ne nous ferme tout !

Et puis, d'une voix basse et pressée :
— Après la frontière, quand votre compagnon de voyage sera endormi — pas avant —, allez dans le cabinet de toilette et passez dans le compartiment communicant. Vous avez compris ?
— Oui.

Il baissa la fenêtre un peu plus et ajouta d'une voix plus forte :
— Est-ce mieux ainsi, madame ?
— Très bien, merci beaucoup.

Il se retira dans son compartiment. Son compagnon était déjà étendu sur la couchette supérieure. De toute évidence, il n'avait pas perdu son temps en préparatifs et s'était contenté d'enlever manteau et chaussures.

Roberts s'interrogea sur sa tenue. S'il devait entrer dans le compartiment d'une dame, il ne pouvait pas se déshabiller, c'était clair.

Il trouva des pantoufles qu'il enfila à la place de ses chaussures, puis s'allongea et éteignit la lumière. Quelques minutes plus tard, l'homme au-dessus se mit à ronfler.

Juste après 22 heures, ils atteignirent la frontière. La porte s'ouvrit brutalement. Une voix demanda pour la forme : « Rien à déclarer ? » Puis la porte se referma et bientôt le train quittait Bellegarde.

L'homme de la couchette supérieure avait repris ses ronflements. Roberts laissa passer vingt minutes, puis se leva sans bruit et se glissa dans le cabinet de toilette, refermant bien le verrou derrière lui. La porte qui communiquait avec l'autre compartiment n'était pas verrouillée. Il hésita. Devait-il frapper ?

C'était sans doute absurde. Mais il n'aimait pas l'idée d'entrer sans frapper. Il transigea, entrouvrit doucement la porte et attendit. Après quelques secondes, il risqua même un léger toussotement.

En deux temps, trois mouvements, la porte s'ouvrit en grand, il fut saisi par le bras, tiré à l'intérieur, et la jeune femme verrouilla la porte derrière lui.

Roberts arrêta de respirer. Jamais il n'avait rien imaginé de si charmant. Elle se tenait toute tremblante contre la porte, dans un long vêtement vaporeux de dentelle et de mousseline crème. Roberts avait souvent rencontré de belles créatures aux abois dans ses lectures. Là, pour la première fois, il en voyait une devant lui, et cela lui coupait le souffle.

— Merci mon Dieu ! murmura-t-elle.

Elle était très jeune, remarqua Roberts, et si jolie qu'elle lui semblait d'un autre monde. Ah ! c'était la Vie, enfin, aussi belle qu'un roman, et il en faisait partie !

Elle se mit à parler d'une voix basse et pressée aux inflexions étrangères :

— Je suis tellement soulagée que vous soyez venu. J'ai eu si peur. Vassilievitch est dans le train. Vous comprenez ce que cela signifie ?

Roberts n'en avait pas la moindre idée mais il acquiesça.

— Je pensais pourtant les avoir semés. J'aurais dû être plus prudente. Que faire ? Vassilievitch est dans le compartiment d'à côté. Quoi qu'il arrive, il ne faut pas qu'il s'empare des bijoux. Même s'il me tue, il ne doit pas mettre la main dessus.

— Il n'est pas question qu'il vous tue et il n'aura pas les bijoux, déclara Roberts avec détermination.

— Alors, que dois-je en faire ?

Son compagnon regarda la porte derrière elle.

— Vous l'avez verrouillée, non ?

Elle eut un éclat de rire.

— Il faudrait davantage qu'une porte fermée pour arrêter Vassilievitch !

Roberts avait de plus en plus l'impression d'évoluer au cœur d'un de ses romans préférés.

— Il n'y a qu'une chose à faire, dit-il. Donnez-les-moi.

Elle le regarda d'un air indécis.

— Ils valent près d'un demi-million.

Roberts rougit.

— Vous pouvez me faire confiance.

La jeune femme hésita encore.

— Oui, dit-elle, finalement, je vais vous faire confiance.

Et, comme par magie, elle fit surgir une paire de bas roulée en boule — des bas de soie arachnéens.

— Prenez-les, mon ami, dit-elle à un Roberts interloqué.

Mais dès qu'il les eut pris, il comprit. Les bas, dans sa main, pesaient d'un poids inattendu.

— Emportez-les dans votre compartiment, dit-elle. Vous me les rendrez demain matin si... si je suis encore là.

Roberts s'éclaircit la gorge.

— Ecoutez, dit-il. A propos de vous... Je... J'ai l'ordre de monter la garde auprès de vous.

Puis, frappé de son inconvenance, il s'empourpra.

— Pas ici, bien sûr. Je resterai là-dedans, dit-il en indiquant de la tête le cabinet de toilette.

— Si le cœur vous en dit...

Elle fixait la couchette supérieure inoccupée.

Roberts rougit jusqu'à la racine des cheveux.

— Non, non, protesta-t-il. Je serai très bien à côté. Si vous avez besoin de moi, appelez.

— Merci, mon ami, dit la jeune femme d'une voix douce.

Elle se glissa sur la couchette inférieure, tira les couvertures et lui sourit avec reconnaissance. Il battit en retraite dans le cabinet de toilette.

Soudain — deux heures s'étaient peut-être écoulées —, il crut avoir entendu un bruit. Il tendit l'oreille — mais non, rien. Sans doute s'était-il trompé. Pourtant, il lui avait bien semblé entendre un léger bruit venant du compartiment voisin. Et si... et si c'était...

Il ouvrit doucement la porte. Le compartiment

était, à la lueur bleutée de la veilleuse, comme il l'avait laissé. Il écarquilla les yeux tant qu'il put dans la pénombre et distingua bientôt les contours de la couchette. Il n'y avait personne dedans. La jeune femme n'était pas là.

Il alluma la lumière en grand. Le compartiment était vide. Brusquement, il sentit. Une odeur ténue mais qu'il reconnut — celle, douceâtre et écœurante, du chloroforme.

Il ouvrit la porte — déverrouillée, remarqua-t-il —, se retrouva dans le couloir, regarda à droite, à gauche — personne ! Ses yeux s'arrêtèrent sur la porte voisine. Elle avait dit que Vassilievitch était dans le compartiment d'à côté. Avec précaution, Roberts tenta d'en actionner la poignée. Mais la porte était fermée de l'intérieur.

Que faire ? Exiger d'entrer ? L'homme refuserait et après tout, rien ne prouvait que la fille se trouvait là ! Et même si elle y était, apprécierait-elle qu'on fasse du tapage autour de cette affaire ? Il avait bien compris que le secret était essentiel dans la partie qui se jouait.

C'est un petit homme bien embêté qui se mit à arpenter lentement le couloir. Parvenu en face de la dernière cabine, il s'arrêta. La porte était ouverte. Il vit le contrôleur qui dormait, étendu. Et au-dessus de lui, accrochées, *sa veste d'uniforme marron et sa casquette à visière.*

Il ne fallut pas deux secondes à Roberts pour prendre sa décision. L'instant d'après, il se hâtait dans le couloir, revêtu de la veste et de la casquette. Il s'arrêta devant la porte voisine de celle de la jeune femme, rassembla tout son courage et frappa un coup impératif.

Cette sommation restant sans réponse, il frappa de nouveau.

— *Monsieur !* lança-t-il dans son meilleur français.

La porte s'entrouvrit, laissant apparaître un visage, le visage d'un étranger, entièrement glabre à l'exception d'un soupçon de moustache noire. Un visage furieux à l'expression mauvaise.

— *Qu'est-ce qu'il y a ?* aboya-t-il.

— *Votre passeport, monsieur.*

Roberts recula d'un pas, en l'attirant d'un signe.

L'autre, après une courte hésitation, sortit dans le couloir. C'était bien ce qu'avait escompté Roberts. S'il avait la fille, il n'aurait sûrement pas l'intention de laisser entrer le contrôleur. Roberts fut rapide comme l'éclair. De toutes ses forces, il écarta l'étranger — ce dernier ne s'y attendait pas, et le mouvement du train fit le reste —, bondit dans le compartiment, ferma la porte et mit le verrou.

La fille était étendue en travers de la couchette, un bâillon sur la bouche, les poignets attachés. Il se dépêcha de la libérer et elle s'effondra contre lui en gémissant.

— Oh ! je me sens si faible, je suis mal, dit-elle dans un murmure. C'était du chloroforme, je crois. Est-ce que... Est-ce qu'il les a pris ?

— Non, dit Roberts en tapotant sa poche. Qu'allons-nous faire maintenant ?

La jeune femme s'assit. Elle reprenait ses esprits peu à peu. Elle remarqua son déguisement.

— Bien joué ! Je n'y aurais pas pensé ! Il disait qu'il me tuerait si je ne lui disais pas où se trouvent les bijoux. J'ai eu vraiment très peur — et puis vous êtes arrivé.

Subitement elle éclata de rire :

— Nous avons été plus malins que lui ! Il n'osera pas bouger, maintenant. Il ne peut même pas rentrer dans son compartiment.

Restons ici jusqu'à demain matin. Il va sans doute descendre du train à Dijon. Il y a un arrêt dans une demi-heure. Et il enverra un télégramme à Paris pour qu'on nous file à l'arrivée. En attendant, vous feriez bien de jeter cette veste et cette casquette par la vitre. Elles pourraient vous attirer des ennuis.

Roberts obéit.

— Il ne faut pas nous endormir, décréta sa compagne. Il faut monter la garde jusqu'au matin.

Ce fut une veille étrange et exaltante. A 6 heures du matin, Roberts ouvrit doucement la porte et glissa un œil dehors. Personne. La jeune femme se faufila, Roberts sur ses talons, dans son compartiment. Tout avait été retourné. Il regagna son propre compartiment en passant par le cabinet de toilette. Son compagnon de voyage ronflait toujours.

Ils arrivèrent à Paris à 7 heures. Le contrôleur se lamentait sur la perte de sa veste et de sa casquette. Il n'avait pas encore découvert la disparition d'un passager.

Commença alors une course-poursuite des plus divertissantes à travers Paris. Roberts et la jeune femme changèrent et rechangèrent de taxi, pénétrèrent dans des hôtels et des restaurants par une porte pour en sortir par une autre. Finalement, la jeune femme poussa un soupir de soulagement.

— Maintenant, je suis sûre que nous ne sommes pas suivis, dit-elle. Nous les avons semés.

Ils prirent un petit déjeuner, puis se firent conduire au Bourget. Trois heures plus tard, ils atterrissaient à Croydon. C'était la première fois que Roberts prenait l'avion.

A Croydon les attendait un vieux gentleman de haute taille qui ressemblait vaguement au mentor de Mr Roberts à Genève. Il salua la jeune femme avec une particulière déférence.

— La voiture est là, madame, dit-il.
— Ce gentleman nous accompagne, Paul, dit-elle.
Puis, à l'intention de Roberts :
— Comte Paul Stepanyi.

Ils montèrent dans une vaste limousine, roulèrent environ une heure avant de pénétrer dans un domaine privé, et s'arrêtèrent bientôt devant un imposant manoir. Mr Roberts fut introduit dans une pièce meublée en bureau. Là, il remit la précieuse paire de bas. Puis il resta seul un moment. Mais le comte Stepanyi fut bientôt de retour.

— Mr Roberts, dit-il, vous méritez tous nos remerciements et notre gratitude. Vous avez fait preuve de courage et d'initiative.

Il tendit un écrin de maroquin rouge.

— Permettez-moi de vous conférer l'ordre de Saint-Stanislas, dixième classe, avec lauriers.

Comme dans un rêve, Mr Roberts ouvrit l'écrin et contempla la précieuse décoration, tandis que le vieux gentleman poursuivait :

— La grande-duchesse Olga aimerait vous remercier en personne avant votre départ.

On le conduisit dans un grand salon. Là, resplendissante dans une longue robe fluide, se tenait sa compagne de voyage. Elle fit un geste impérieux de la main et le comte se retira.

— Je vous dois la vie, Mr Roberts, dit la grande-duchesse.

Elle lui tendit sa main. Mr Roberts y posa un baiser. Soudain, elle fut tout près de lui.

— Vous êtes un héros, murmura-t-elle.

Leurs lèvres s'unirent. Un capiteux parfum d'Orient le submergea.

Pendant un moment, il tint dans ses bras cette belle et sculpturale créature...

Il n'avait pas encore émergé de son rêve lorsque quelqu'un lui dit :

— La torpédo vous mènera où il vous plaira.

Une heure plus tard, la même voiture revint chercher la grande-duchesse Olga. Elle y monta suivie de l'homme aux cheveux blancs. Celui-ci avait ôté sa barbe pour se sentir plus à l'aise. La torpédo déposa la grande-duchesse devant une maison de Streatham. A son entrée, une femme d'un certain âge leva les yeux derrière sa tasse de thé.

— Ah ! Maggie, ma chérie, te voilà.

Dans l'express Genève-Paris, cette jeune femme était la grande-duchesse Olga ; dans le bureau de Mr Parker Pyne, elle s'appelait Madeleine de Sara, et dans cette maison de Streatham, Maggie Sayers, quatrième fille d'une famille honnête et laborieuse.

Grandeur et décadence !

Mr Parker Pyne déjeunait avec son ami.

— Félicitations, dit ce dernier, votre homme a fait un boulot impeccable. Tormali et sa bande doivent écumer de rage à l'idée que les plans de ce canon sont entre les mains de la Ligue. Votre homme savait-il ce qu'il transportait ?

— Non. J'ai jugé préférable de... euh... d'enjoliver.

— Plus prudent, en effet.

— Oh, ce n'était pas vraiment par prudence. Je

voulais qu'il y prenne du plaisir et j'ai pensé qu'une histoire de canon risquait de lui paraître insipide. J'ai préféré faire jouer la corde romanesque.

— Insipide ? dit Mr Bonnington, les yeux ronds. Mais ces types l'auraient assassiné sans sourciller !

— Oui, répondit Mr Parker Pyne d'un air bénin. Mais je n'avais pas vraiment l'intention qu'il soit tué.

— Dites-moi, Parker, vous gagnez beaucoup d'argent dans votre partie ? demanda Mr Bonnington.

— Parfois, il m'arrive d'en perdre, dit Mr Parker Pyne. En gros, chaque fois que le cas en vaut la peine.

A Paris, trois hommes furieux échangeaient des insultes.

— Ce maudit Hooper ! dit l'un d'eux. Il nous a doublés.

— Personne au bureau n'a emporté les plans, dit le deuxième. Mais ils sont partis mercredi, ça j'en suis sûr. Et celui qui a tout saboté, c'est *toi*.

— Je n'ai rien saboté du tout, dit le troisième, maussade. Il n'y avait pas d'Anglais dans le train, à part un petit employé qui n'avait jamais entendu parler de Peterfield ou du canon. Je le sais. Je l'ai mis à l'épreuve. Peterfield, le canon, tout ça n'avait aucun sens pour lui.

Il ricana :

— Il voyait des bolcheviks partout.

Mr Roberts était assis devant un poêle à gaz. Sur ses genoux, une lettre de Mr Parker Pyne à laquelle était jointe un chèque de cinquante livres « de la part de personnes qui sont enchantées de la façon dont une certaine mission a été remplie ».

Un livre de bibliothèque publique était posé sur le bras de son fauteuil. Mr Roberts l'ouvrit au hasard.

« Elle se serrait, tremblante, contre la porte, comme un bel animal traqué. »

Oui, il avait vécu cela. Il lut une autre phrase :

« Il renifla. Une odeur ténue, l'odeur douceâtre et écœurante du chloroforme, parvint à ses narines. »

Cela aussi, il connaissait.

« Il la prit dans ses bras et sentit le doux frémissement de ses lèvres écarlates sous l'impérieuse pression des siennes. »

Mr Roberts poussa un soupir. Ce n'était pas un rêve. Tout cela s'était bel et bien passé. Le voyage aller avait été plutôt ennuyeux, mais le retour ! Ah oui ! Ça avait été un bon moment ! Tout de même, il était content d'être rentré chez lui. Il sentait confusément qu'il n'aurait pas pu vivre indéfiniment à ce rythme. Même la grande-duchesse Olga, même ce baiser final avaient déjà l'irréelle qualité du rêve.

Mary et les enfants seraient rentrés demain. Mr Roberts eut un sourire heureux.

— Nous avons passé de bonnes vacances, dirait-elle. Mais cela me faisait de la peine de penser à toi, tout seul à la maison, mon pauvre gros.

A quoi il répondrait :

— Ne t'en fais pas, ma grande. J'ai dû aller à Genève pour la société — des négociations délicates — et regarde ce qu'ils m'ont envoyé.

Et il lui montrerait le chèque de cinquante livres.

Il pensa à l'ordre de Saint-Stanislas, dixième classe avec lauriers. Il l'avait caché, mais si un jour Mary le découvrait ? Ce ne serait pas facile à expliquer...

Ah si ! — il lui dirait qu'il l'avait déniché à l'étranger. Une curiosité.

Il rouvrit son livre et reprit sa lecture avec une impression de bonheur. Il n'y avait plus trace de regret dans ses yeux.

Lui aussi, il appartenait à la bienheureuse confrérie de Ceux Auxquels des Choses Arrivent.

6

LE CAS DE LA FEMME RICHISSIME
(The Case of the rich Woman)

On annonça à Mr Parker Pyne une Mrs Abner Rymer. Il connaissait ce nom et haussa les sourcils.

Sa cliente fut bientôt introduite dans le bureau.

Mrs Rymer était une grande femme, lourdement

charpentée. Sa silhouette avait quelque chose de dégingandé et sa robe de velours pas plus que son lourd manteau de fourrure n'y pouvaient rien changer. Elle avait de grandes mains aux articulations noueuses. Son visage était lunaire et sanguin. Ses cheveux noirs étaient coiffés à la dernière mode, et son chapeau hérissé de plumes d'autruche.

Elle s'affala sur une chaise avec un grognement.

— Bonjour, dit-elle d'une voix de rogomme. Si vous êtes aussi malin que vous le prétendez, vous allez peut-être pouvoir me dire comment dépenser mon argent !

— Très original, murmura Mr Parker Pyne. On n'entend pas souvent ce genre de requête par les temps qui courent. Est-ce vraiment si difficile, Mrs Rymer ?

— Oui, dit la dame fermement. J'ai trois manteaux de fourrure, un tas de robes de Paris, et j'en passe. J'ai une voiture et une maison dans Park Lane. J'ai eu un yacht, mais je n'aime pas la mer. J'ai tout un tas de ces domestiques chichiteux qui vous regardent de haut en bas. J'ai aussi voyagé par-ci, par-là et vu des pays étrangers. Et du diable si je trouve encore quelque chose à acheter ou à faire !

Elle jeta un regard plein d'espoir à Mr Pyne.

— Il y a bien les hôpitaux..., suggéra-t-il.

— Quoi ? Vous voulez dire des *dons* ?... leur faire *cadeau* ? Comme ça ? Ah ! ça non, par exemple ! Il a fallu travailler pour le gagner, cet argent, travailler dur, permettez-moi de vous le dire. Si vous imaginez que je vais le jeter par la fenêtre, vous vous fourrez le doigt dans l'œil. Je veux le dé-pen-ser. Le dépenser pour en profiter vraiment. Maintenant, si vous avez quelques idées valables dans ce goût-là, vous pouvez compter sur de bons honoraires.

— Votre proposition m'intéresse, dit Mr Pyne. Vous n'avez pas mentionné de maison de campagne...

— J'avais oublié, mais j'en ai une... Je me demande d'ailleurs bien pourquoi : la campagne est à périr d'ennui.

— Il faut m'en dire plus à votre sujet. Votre problème n'est pas facile à résoudre.

— Je ne demande pas mieux. Je n'ai pas honte de dire d'où je viens. J'étais encore gamine que je travaillais dans une ferme. Quand je dis que je travaillais... je m'esquintais, oui. Et puis, j'ai connu Abner. Il était ouvrier dans une usine des environs. On s'est fréquentés pendant huit années, et puis on s'est mariés.

— Et vous étiez heureuse ? demanda Mr Pyne

— Oui. C'était un bon mari, Abner. On en a vu, tous les deux, pourtant. Deux fois, il s'est retrouvé sans boulot et les enfants arrivaient. Quatre enfants, trois garçons et une fille. Et pas un qui a vécu. Je me dis que ça aurait tout changé s'ils avaient vécu.

Son visage s'adoucit, parut soudain plus jeune.

— Il était fragile des bronches, Abner je veux dire. Ils n'ont pas voulu de lui à la guerre. Mais il n'a pas moisi longtemps dans son coin. Il est passé contremaître. Il était plein d'idées, Abner. Il a imaginé un nouveau procédé. Ils ont été tout à fait corrects, je dois dire. Ils lui ont donné une belle somme pour ça. Il a utilisé cet argent pour une autre idée à lui. Et l'argent a commencé de rentrer. Il est devenu patron avec ses ouvriers à lui. Il a racheté deux entreprises en faillite et a su les remettre sur pied. Après, ça a été facile. L'argent n'a cessé de rentrer. Et ça continue.

» Au début, notez bien, c'était un vrai plaisir d'avoir une maison et une salle de bains dernier cri et des domestiques à soi. Finis la tambouille, le nettoyage, la lessive. Vous restez vautrée sur vos coussins de soie au salon et vous sonnez pour être servie — tout comme une comtesse ! Oui, c'était bien du plaisir et on a pris du bon temps. Et puis on est montés à Londres. Je me suis habillée chez des grands couturiers. On est allés à Paris et sur la Côte d'Azur. La vie était belle !

— Et ensuite ? demanda Mr Parker Pyne.

— On a dû s'habituer, je suppose. Au bout d'un moment, cela ne nous a plus paru si formidable. Il y avait des jours où plus aucun menu ne nous tentait, nous qui n'avions qu'à choisir.

Et pour les bains, pareil — à la longue, on se dit qu'un bain par jour, c'est bien suffisant. Et puis la santé d'Abner a commencé à le tourmenter. On en a laissé, de l'argent, chez les médecins, mais ils ne savaient pas quoi faire. Ils essayaient ci et ils essayaient ça. Mais ça n'a servi à rien. Il est mort.

Elle resta un moment silencieuse.

— Il était pourtant pas vieux. Quarante-trois ans à tout casser !

Mr Pyne eut un hochement de tête compatissant.

— Cela fait cinq ans, maintenant. L'argent coule toujours à flots. Cela semble un vrai gâchis de ne savoir qu'en faire. Mais, comme je vous l'ai dit, je ne vois rien à acheter que je ne possède déjà.

— En d'autres termes, dit Mr Pyne, votre vie vous ennuie. Vous n'y prenez plus goût.

— J'en ai assez, dit-elle sombrement. Je n'ai pas d'amis. Les nouveaux n'en veulent qu'à mon argent et se moquent de moi derrière mon dos. Mes amis d'avant, ils ont pris leurs distances. Ça les intimide que je roule en voiture. Pouvez-vous faire quelque chose ? Me donner une idée ?

— Peut-être, répondit lentement Mr Pyne. Ce sera difficile, mais je pense qu'il y a une chance. Oui, je crois possible de vous redonner ce que vous avez perdu — le goût de vivre.

— Comment ? demanda-t-elle abruptement.

— Ça, dit Mr Parker Pyne, c'est un secret professionnel. Je ne révèle jamais mes méthodes à l'avance. Une seule question se pose pour l'instant : êtes-vous prête à tenter votre chance ? Je ne garantis pas le succès, mais je pense que c'est une bonne possibilité.

— Et ça me coûtera combien ?

— Je vais devoir utiliser des méthodes inhabituelles ; ce sera donc cher. Mes honoraires se monteront à mille livres, payables d'avance.

— Eh bien vous, au moins, vous n'avez pas froid aux yeux ! s'exclama Mrs Rymer en connaisseuse. Bon, je prends le risque. J'ai l'habitude de payer le prix fort. Mais attention, quand je paie, j'en veux pour mon argent.

— Vous ne serez pas volée, dit Mr Parker Pyne. Soyez sans crainte.

— Je vous envoie le chèque ce soir, dit Mrs Rymer en se levant. Je ne sais vraiment pas pourquoi je vous fais confiance. L'argent et les sottes gens ne font jamais bien longtemps bon ménage, à ce qu'on dit. Alors je dois être bien sotte. Tout de même, vous avez un certain culot d'annoncer comme ça dans tous les journaux que vous pouvez rendre les gens heureux !

— Ces annonces me coûtent cher, répondit Mr Pyne. Si c'était des paroles en l'air, ce serait de l'argent gâché. Mais je *sais* ce qui cause le malheur et par conséquent j'ai une idée assez précise sur la façon de produire son contraire.

Mrs Rymer hocha la tête d'un air sceptique et prit congé, laissant derrière elle un bouquet composite de senteurs dispendieuses.

Le beau Claude Luttrell fit une entrée nonchalante.

— Quelque chose dans mes cordes ?

Mr Pyne secoua la tête.

— Pas si simple, dit-il. Non, là, c'est vraiment délicat. Nous allons devoir jouer sur la corde raide, je le crains, tenter l'inhabituel.

— Mrs Oliver ?

Mr Pyne sourit au nom de la célébrissime romancière.

— Mrs Oliver, dit-il, est bien la plus conventionnelle d'entre nous. Non ! je pense à quelque chose de vraiment audacieux. A propos, appelez donc le Dr Antrobus.

— Antrobus ?

— Oui. Nous aurons besoin de ses services.

Une semaine plus tard, Mrs Rymer entrait de nouveau dans le bureau de Mr Parker Pyne. Il se leva pour la recevoir.

— Faire plus vite était impossible, croyez-moi, dit-il. De nombreux préparatifs ont été nécessaires et j'ai dû m'assurer les services d'un homme qui a traversé la moitié de l'Europe pour venir jusqu'ici.

— Oh !

Elle avait dit cela d'un air suspicieux. Le chèque de mille livres signé par elle et dûment encaissé ne lui sortait pas de la tête.

Mr Parker Pyne appuya sur une sonnette. Une jeune femme brune, d'allure orientale mais revêtue de l'uniforme blanc des infirmières, ouvrit la porte :

— Tout est-il prêt, miss de Sara ?
— Oui. Le Dr Constantine nous attend.
— Qu'allez-vous faire ? demanda Mrs Rymer, légèrement mal à l'aise.
— Vous initier à quelque magie orientale, chère madame, dit Mr Parker Pyne.

Mrs Rymer suivit l'infirmière à l'étage supérieur. On la fit alors entrer dans une pièce sans rapport avec le reste de la maison. Les murs étaient tendus de tapisseries orientales. Il y avait des divans jonchés de coussins moelleux, et de somptueux tapis couvraient le sol. Un homme, penché au-dessus d'une cafetière, se redressa en les entendant.

— Le Dr Constantine, dit l'infirmière.

Le docteur, habillé à l'européenne, avait pourtant un visage au teint basané et un regard sombre et oblique étrangement pénétrant.

— Voici donc ma patiente, dit-il d'une voix de basse profonde.

— Je ne suis pas malade, protesta Mrs Rymer.

— Votre corps ne l'est pas, répondit le docteur, mais votre âme est lasse. Nous savons, en Orient, comment guérir cette maladie. Asseyez-vous et prenez donc une tasse de café.

Mrs Rymer s'assit et accepta une minuscule tasse du breuvage odorant. Tandis qu'elle le sirotait, le docteur se mit à parler.

— Ici, en Occident, on ne soigne que le corps. C'est une erreur. Le corps n'est qu'un instrument sur lequel un air est joué. Ce peut être un air triste et las. Ou bien joyeux et enchanté. C'est cet air-là que nous allons vous faire jouer. Vous avez de l'argent, eh bien, vous aurez plaisir à le dépenser. Vous reprendrez goût à la vie. C'est facile... fa-ci-le... tel-le-ment fa-ci-le...

Une sensation de langueur saisit Mrs Rymer. Les silhouettes du docteur et de l'infirmière devinrent de plus en plus floues. Elle se sentit merveilleusement heureuse et tout engourdie. Puis le docteur devint soudain immense. Le monde entier parut s'agrandir.

Le médecin la fixait droit dans les yeux.

— Dormez, disait-il, dormez. Vos paupières sont

lourdes. Bientôt vous allez dormir... dor-mir... dor-mir...

Mrs Rymer ferma les paupières. Elle flottait dans un monde immense et merveilleux.

Quand elle ouvrit les yeux, il lui sembla que beaucoup de temps s'était écoulé. Quelques lambeaux de souvenirs lui revenaient vaguement — des rêves étranges et impossibles ; la sensation de s'éveiller ; puis d'autres rêves encore. Quelque chose, aussi, à propos d'une voiture ; et la belle fille brune en uniforme d'infirmière penchée sur elle.

En tout cas, elle était tout à fait réveillée à présent, étendue sur son lit.

Mais était-ce bien son lit ? Elle ne retrouvait pas la même sensation de délicieuse souplesse... C'était une sensation autre, qui semblait venir d'un lointain passé, presque oublié. Elle fit un mouvement et le sommier grinça. A Park Lane, le lit de Mrs Rymer ne grinçait jamais.

Un coup d'œil autour d'elle. Non, décidément, ce n'était pas Park Lane. Etait-ce un hôpital ? Non, décida-t-elle, pas un hôpital. Pas une chambre d'hôtel non plus. C'était une pièce nue, aux murs d'une vague teinte lilas. Il y avait une table de toilette en bois blanc avec un broc et une cuvette. Il y avait une commode en bois blanc et une cantine en fer-blanc ; des vêtements inconnus accrochés à une patère. Il y avait ce lit avec un couvre-pied tout rapiécé, et elle dans le lit.

— Mais où suis-je ? dit Mrs Rymer.

A cet instant, la porte s'ouvrit et une petite femme rondouillette fit irruption d'un air affairé. Ses joues rouges respiraient la bonne humeur. Elle avait relevé ses manches et portait un tablier.

— Ça y est, elle s'est réveillée ! s'exclama-t-elle. Venez, docteur.

Mrs Rymer ouvrit la bouche, prête à exprimer sa façon de penser, mais elle resta muette car l'homme qui entrait à ce moment n'évoquait en rien le sombre et élégant Dr Constantine. C'était un vieil homme, un peu voûté, les yeux écarquillés derrière de grosses lunettes.

— Voilà qui est mieux, dit-il, s'approchant du lit pour tâter le pouls de Mrs Rymer. Vous allez vite vous remettre maintenant.

— Que m'est-il arrivé ? demanda-t-elle.

— Vous avez eu une sorte d'attaque, dit le docteur. Vous êtes restée inconsciente un jour ou deux. Rien de bien grave.

— C'est pas pour dire, mais vous nous avez fait une sacrée peur, Hannah, dit la femme ronde. Avec ce délire et toutes ces choses bizarres que vous racontiez.

— C'est bon, c'est bon, Mrs Gardner, dit le docteur d'un ton sec. Il ne faut pas exciter notre malade. Vous serez bientôt sur pied, mon amie.

— Et surtout, Hannah, ne vous inquiétez pas pour le travail, dit Mrs Gardner. Mrs Roberts est venue me donner un coup de main et tout se passe bien. Vous n'avez qu'à rester bien tranquille et vous remettre tout à fait.

— Pourquoi m'appelez-vous Hannah ? demanda Mrs Rymer.

— Dame, c'est votre nom, répondit l'autre, interloquée.

— Non, ce n'est pas mon nom ! Mon nom est Amelia. Amelia Rymer. Mrs Abner Rymer.

Le docteur et Mrs Gardner échangèrent un regard.

— Bon, eh bien, maintenant, il s'agit de se reposer, reprit Mrs Gardner.

— Oui, dit le docteur, c'est cela, du repos.

Ils se retirèrent, laissant Mrs Rymer perplexe. Pourquoi l'avaient-ils appelée Hannah et pourquoi avaient-ils échangé ce regard d'incrédulité amusée quand elle leur avait dit son nom ? Où était-elle ? Que s'était-il passé ?

Elle se mit debout, un peu chancelante, et se dirigea à petits pas jusqu'à la fenêtre mansardée qui donnait... sur une cour de ferme ! Complètement désorientée, elle regagna son lit. Que faisait-elle donc dans une ferme qu'elle n'avait jamais vue auparavant ?

Mrs Gardner revint avec un bol de soupe sur un plateau.

Mrs Rymer entreprit de la questionner.

— Qu'est-ce que je fais dans cette maison ? demanda-t-elle impérieuse. Qui m'a amenée ici ?
— Mais personne, ma bonne. C'est ici que vous habitez. Tout du moins, depuis cinq ans — et moi qui n'aurais jamais imaginé que vous étiez sujette à des crises.
— J'habite ici ? Moi ? Depuis cinq ans ?
— Tout juste. Enfin, voyons, Hannah, ne me dites pas que vous ne vous rappelez toujours pas !
— Je n'ai jamais habité ici ! C'est la première fois que je vous vois !
— C'est cette maladie, voyez, qui vous a fait tout oublier.
— Je n'ai jamais vécu ici !
— Eh mon Dieu, si, pourtant.

Mrs Gardner se dirigea subitement vers la commode et rapporta à Mrs Rymer une photo jaunie, dans un cadre.

Elle représentait un groupe de quatre personnes : un homme barbu, une femme rondouillette — Mrs Gardner —, un grand gars efflanqué qui souriait gauchement, et une autre personne vêtue d'une robe imprimée et d'un tablier — et qui n'était autre qu'elle-même.

Mrs Rymer, médusée, ne parvenait pas à en croire ses yeux. Mrs Gardner déposa la soupe à côté d'elle et se retira sur la pointe des pieds.

Elle but la soupe machinalement — de la bonne soupe, chaude et épaisse — tandis que les questions tourbillonnaient dans sa tête. Qui était folle ? Mrs Gardner ou elle-même ? En tout cas, l'une des deux devait l'être ! Mais le docteur, quel jeu jouait-il, dans tout ça ?

« Je suis Amelia Rymer, se dit-elle fermement. Je sais bien que je suis Amelia Rymer et personne ne me persuadera du contraire. »

Une fois sa soupe finie, elle déposa le bol sur le plateau. Puis, apercevant alors un journal plié, elle le prit et en regarda la date : le 19 octobre. Quel jour s'était-elle rendue dans le bureau de Mr Parker Pyne ? C'était le 15 ou le 16. Cela faisait donc trois jours qu'elle était malade.

— Ce salopard de toubib ! s'écria-t-elle, furibonde.
Mais elle se sentait un peu soulagée. Elle avait entendu parler de gens qui, des années durant, avaient oublié qui ils étaient. Elle avait craint qu'une telle chose ne lui soit arrivée.

Elle se mit à tourner les pages du journal, parcourant distraitement les colonnes, quand soudain un entrefilet lui frappa le regard.

Mrs Abner Rymer, veuve d'Abner Rymer, le roi du « bouton de col », a été transportée hier dans un établissement privé pour malades mentaux. Depuis deux jours, elle persistait à prétendre qu'elle n'était pas Mrs Rymer mais une domestique du nom de Hannah Moorhouse.

— Hannah Moorhouse, c'est donc cela ! s'exclama-t-elle. Je suis elle, et elle, c'est moi. Ça doit être une espèce de double, j'imagine. Eh bien, on ne va pas tarder à y mettre bon ordre ! Si ce faux jeton de Parker Pyne mijote quelque chose...

Mais à cet instant, son regard tomba sur le nom du Dr Constantine qui semblait la fixer sur la page imprimée. Cette fois, il s'agissait d'un gros titre.

LA DÉCLARATION DU DR CONSTANTINE
Lors d'une conférence d'adieu donnée hier soir à la veille de son départ pour le Japon, le Dr Claudius Constantine a avancé des hypothèses hardies. Il est possible, a-t-il déclaré, de prouver l'existence de l'âme en opérant le transfert d'une âme d'un corps à un autre. Au cours de ses expériences en Orient, il aurait réussi un double transfert — sous hypnose, l'âme du sujet A est transférée chez le sujet B, et l'âme de B chez le sujet A. Au réveil, A prétend qu'elle est B et B qu'elle est A. Toutefois, pour que l'expérience aboutisse, il est nécessaire de trouver deux personnes ayant une grande ressemblance physique. En tout cas, un point a été bien démontré : deux personnes semblables sont entrées en rapport. Cela s'est révélé tout à fait évident dans le cas de jumeaux, mais on a pu mettre en évidence la même harmonie de structure chez deux indi-

vidus sans aucun lien de parenté, et de positions sociales très différentes, qui possédaient par ailleurs une grande similitude de traits.

Mrs Rymer jeta le journal. « Le salopard ! L'immonde crapule ! »

Elle comprenait tout, maintenant ! C'était une infâme machination pour mettre la main sur son argent. Cette Hannah Moorhouse avait été l'instrument de Mr Pyne — à son insu, peut-être. Lui et ce démon de Constantine, ils avaient manigancé ensemble ce coup fantastique.

Mais elle le dénoncerait ! Elle le démasquerait ! Elle le traînerait devant les tribunaux ! Elle raconterait à tout le...

Le flot de son indignation s'arrêta net. Elle se rappelait le premier entrefilet. Hannah Moorhouse n'avait pas été un instrument docile. Elle avait protesté, proclamé son identité. Et pour quel résultat ?

— Enfermée dans un asile de fous, la pauvre fille, marmonna Mrs Rymer.

Elle frissonna.

Un asile de fous ! On vous enferme là-dedans et on ne vous en laisse plus jamais sortir. Plus vous protestez que vous n'êtes pas fou, moins on vous croit. Vous êtes là et vous y restez. Non, Mrs Rymer n'allait pas courir ce risque.

La porte s'ouvrit et Mrs Gardner entra.

— Ah ! vous avez bu votre soupe, ma bonne Hannah. C'est bien. Vous ne tarderez pas à être rétablie.

— Quand suis-je tombée malade ? demanda Mrs Rymer.

— Voyons voir... C'était il y a trois jours — mercredi. C'était le 15. Ça vous a pris sur le coup des 4 heures.

— Tiens donc ! s'exclama Mrs Rymer, comme saisie d'une révélation : c'était vers 4 heures, justement, qu'elle s'était trouvée en présence du Dr Constantine.

— Vous vous êtes affalée sur votre siège. « Oh ! » vous avez fait. « Oh ! », comme ça. Et puis : « Je m'endors », et vous vous êtes endormie tout de bon.

Alors, on vous a mise au lit, on a appelé le docteur et vous voilà.

— J'imagine, risqua Mrs Rymer, que vous n'avez aucun moyen de savoir qui je suis, en dehors de mon visage, bien sûr.

— En voilà une idée, dit Mrs Gardner. Comment reconnaît-on quelqu'un sinon à son visage, je me le demande ? Ah si ! il y a votre marque de naissance, si cela peut vous rassurer.

— Une marque de naissance ?

Le visage de Mrs Rymer s'éclaira. Elle n'avait rien de tel.

— Une envie, juste en dessous du coude droit, répondit Mrs Gardner. Voyez vous-même, ma bonne amie.

« Ce sera la preuve », se dit Mrs Rymer, sachant pertinemment qu'elle n'avait rien à l'endroit du coude. Elle releva la manche de sa chemise de nuit et, découvrant la marque, éclata en sanglots.

Quatre jours plus tard, Mrs Rymer quitta le lit. Elle avait envisagé divers plans d'action qu'elle avait tous rejetés.

Elle pourrait montrer la page de journal à Mrs Gardner et au docteur, et leur expliquer. La croiraient-ils pour autant ? Elle était sûre que non.

Autre possibilité : la police. La croirait-on davantage ? Là encore, elle était convaincue que non.

Enfin, elle avait pensé faire irruption dans le bureau de Mr Pyne. C'était indiscutablement l'idée qui lui plaisait le plus. Ne serait-ce que parce qu'elle pourrait dire à cet abominable margoulin ce qu'elle pensait de lui. Cependant, il y avait un obstacle de taille qui l'empêchait de mettre ce projet à exécution. Elle se trouvait en Cornouailles — c'est du moins ce qu'elle avait appris — et n'avait pas d'argent pour le voyage à Londres. Quelques pence dans un porte-monnaie usé constituaient apparemment toute sa fortune.

Ainsi donc, après ces quatre jours, Mrs Rymer prit-elle sportivement la décision d'accepter la situation ! On voulait qu'elle soit Hannah Moorhouse ? Très bien, elle serait donc Hannah Moorhouse. Elle accepterait ce rôle et, par la suite, lorsqu'elle aurait économisé assez d'argent, elle irait à Londres défier l'aigrefin chez lui.

Une fois cette décision prise, Mrs Rymer se prêta à son rôle de bonne grâce, et même avec une sorte de sombre amusement. Ah ! On pouvait dire que l'histoire se répétait ! Cette vie lui rappelait son enfance. Comme cela semblait loin !

Le travail était un peu rude après toutes ces années de vie douillette, mais au bout d'une semaine elle avait commencé à retrouver les gestes de la ferme.

Mrs Gardner était une bonne personne, au caractère enjoué ; son mari, un grand gaillard taciturne, mais brave, lui aussi. L'homme efflanqué de la photographie était parti, remplacé par un bon géant de quarante-cinq ans ; sa parole était lente, mais une petite lueur scintillait dans ses yeux bleus.

Les semaines passèrent. Vint le jour où Mrs Rymer eut assez d'argent pour payer son voyage à Londres. Mais elle ne partit pas. Elle remit cela à plus tard. Rien ne presse, pensa-t-elle. Elle n'était pas encore tout à fait tranquille avec ces histoires d'asiles. Cet escroc de Parker Pyne était roué. Il trouverait bien un médecin pour déclarer qu'elle était folle — et elle disparaîtrait de la circulation sans que personne n'en sache rien.

« Et puis, se dit Mrs Rymer, un peu de changement ne peut faire que du bien. »

Elle se levait tôt et travaillait dur. Joe Welsh, le nouvel ouvrier agricole, fut malade cet hiver-là, et elle le soigna avec Mrs Gardner. C'était touchant, ce grand gars dépendant des deux femmes comme un enfant.

Puis vint le printemps, la saison des agneaux ; il y avait des fleurs sauvages dans les haies, une douceur perfide dans l'air. Joe Welsh donnait un coup de main à Hannah dans son travail. En échange, Hannah lui raccommodait ses affaires.

Quelquefois, le dimanche, ils allaient se promener ensemble. Joe était veuf. Sa femme était morte il y avait quatre ans. Depuis, reconnaissait-il volontiers, il s'était un peu trop laissé aller à la boisson.

Mais il n'allait plus guère au pub maintenant. Il s'acheta des vêtements neufs. Cela fit rire Mr et Mrs Gardner.

Hannah aussi riait de Joe, se moquait de ses maladresses. Joe s'en fichait, il avait l'air penaud mais heureux.

Après le printemps, ce fut l'été, un bel été. Tous travaillèrent dur.

La moisson s'acheva. On vit les feuilles rougir et jaunir sur les arbres.

Puis un jour, le 8 octobre exactement, Hannah était en train de couper un chou lorsqu'elle vit Mr Parker Pyne accoudé à la barrière.

— Vous ! s'exclama Hannah, *alias* Mrs Rymer. Vous allez...

Il lui fallut un bon moment pour vider tout ce qu'elle avait sur le cœur. Quand elle eut fini, elle était hors d'haleine.

Mr Parker Pyne lui adressa un sourire affable.

— Je suis tout à fait d'accord avec vous, dit-il.

— Un fourbe et un menteur, voilà ce que vous êtes ! repartit Mrs Rymer. Vous et vos Constantine, et vos hypnoses, et cette pauvre Hannah Moorhouse, enfermée chez... les toqués !

— Ah non ! Là, vous me jugez mal, dit Mr Parker Pyne. Hannah Moorhouse n'est pas dans un asile de fous, parce que Hannah Moorhouse n'a jamais existé.

— Ah non ? Et que faites-vous de la photo que j'ai vue de mes propres yeux ?

— Truquée, dit Mr Pyne. Ce n'est pas difficile à faire.

— Et l'article dans le journal ?

— Tout le journal a été fabriqué pour que les deux articles y figurent d'une manière naturelle et convaincante. Apparemment, cela a marché.

— Et ce filou, ce Dr Constantine ?

— Un nom d'emprunt — emprunté par un de mes amis qui a des dons d'acteur.

Mrs Rymer regimba.

— Ha ! Et je n'ai pas été hypnotisée non plus, je suppose ?

— Eh bien, non, en effet. Vous avez absorbé avec votre café une préparation à base de chanvre indien. Ensuite, on vous a administré d'autres drogues, on vous a conduite ici en voiture et on vous a laissée revenir à vous.

— Alors, Mrs Gardner était dans le coup depuis le début ? demanda Mrs Rymer.

Mr Parker Pyne acquiesça.

— Vous l'avez soudoyée, je suppose ! Ou embobinée avec vos boniments !

— Mrs Gardner a confiance en moi, répondit Mr Pyne. J'ai autrefois sauvé son fils de la réclusion criminelle.

Quelque chose, dans sa manière, retint Mrs Rymer d'insister.

— Et la marque de naissance ! réclama-t-elle.

Mr Pyne sourit.

— Elle s'efface déjà. Encore six mois et elle aura totalement disparu.

— Mais à quoi rime toute cette mascarade ? Se payer ma tête et me coincer ici à faire la fille de ferme, franchement... avec tout mon bon argent à la banque. Mais ce n'est pas la peine de demander, en fait. Vous vous êtes largement servi, mon beau monsieur, voilà à quoi tout cela rime.

— Il est vrai, dit Mr Parker Pyne, que j'ai obtenu de vous, alors que vous étiez sous l'influence des drogues, une procuration, et que, durant votre — euh — absence, j'ai administré vos affaires, mais je puis vous assurer, chère madame, qu'à part les mille livres du début, pas un de vos sous n'a pris le chemin de ma poche. En fait, grâce à de judicieux investissements, votre situation financière s'est même améliorée.

Il lui adressa un grand sourire.

— Mais pourquoi..., commença Mrs Rymer.

— Je vais vous poser une question, Mrs Rymer. Vous êtes une personne honnête. Vous me répondrez honnêtement, je le sais. Dites-moi, Mrs Rymer, êtes-vous heureuse ?

— Si je suis heureuse ! La belle question !

Dépouiller une femme et venir lui demander si elle est heureuse. Ah ! J'aime ça, vraiment !

— Vous êtes encore fâchée, dit-il. C'est normal. Mais laissons un instant mes méfaits de côté. Mrs Rymer, quand vous êtes entrée dans mon bureau, il y a un an jour pour jour, vous étiez une femme malheureuse. Allez-vous me dire que vous l'êtes encore ? Si tel est le cas, je vous offre mes excuses, et libre à vous d'entreprendre contre moi les démarches qui vous plairont. En outre, je vous rembourserai les mille livres que vous m'avez versées. Allons, Mrs Rymer, êtes-vous aujourd'hui quelqu'un de malheureux ?

Mrs Rymer regarda longuement son interlocuteur, mais quand elle parla enfin, ce fut les yeux baissés.

— Non, je ne suis pas malheureuse, dit-elle — et il y avait dans sa voix une nuance d'émerveillement. Là, vous marquez un point, je l'admets. Je n'ai jamais été aussi heureuse depuis la mort d'Abner. Je... je m'apprête à épouser un homme qui travaille ici — Joe Welsh. Les bans doivent être publiés dimanche prochain ; enfin, ils *devaient* l'être.

— Mais maintenant, bien sûr, tout est différent.

Le visage de Mrs Rymer s'enflamma. Elle fit un pas en avant.

— Quoi, différent ? Que voulez-vous dire ? Pensez-vous que si j'avais tout l'or du monde, ça ferait de moi une dame ? Je ne veux pas être une dame, merci bien. Tout ce beau monde, c'est incapable et compagnie ! Joe est assez bien pour moi, et moi pour lui. Nous nous accordons bien et nous allons être heureux ensemble. Quant à vous, Mr Fouineur Pyne, vous feriez mieux de déguerpir et de ne pas vous mêler de ce qui ne vous regarde pas.

Mr Parker Pyne sortit un papier de sa poche et le lui tendit.

— La procuration, dit-il. Je la déchire ? Vous allez gérer vous-même votre fortune maintenant, j'imagine.

Une étrange expression passa sur le visage de Mrs Rymer. Elle repoussa le papier.

— Gardez-le. Je vous ai dit des choses dures — et certaines ; vous les avez bien méritées. Vous êtes un drôle d'oiseau, mais j'ai confiance en vous tout de même. J'ai besoin de sept cents livres ici, à la banque — ça nous paiera une ferme que nous avons en vue. Le reste, eh bien, il n'y a qu'à le donner aux hôpitaux.

— Vous n'avez tout de même pas l'intention de donner toute votre fortune aux hôpitaux ?

— Si, c'est exactement mon intention. Joe est un brave, un bon garçon, mais il est faible. Donnez-lui de l'argent et vous me le détruisez. Je l'ai tiré de la boisson, et je vais continuer à le protéger. Dieu merci, je sais ce que je veux. Je ne vais pas laisser l'argent détruire mon bonheur.

— Vous êtes une femme remarquable, dit lentement Mr Pyne. Il n'y a pas une femme sur mille qui agirait comme vous le faites.

— Alors, il n'y a pas une femme sur mille qui ait un peu de bon sens, répliqua Mrs Rymer.

— Je vous tire mon chapeau, madame, dit Mr Parker Pyne, d'une voix changée.

Solennellement il leva son chapeau et s'en fut.

— Et surtout, Joe ne doit jamais savoir ! cria Mrs Rymer dans son dos.

Elle resta debout face à l'horizon embrasé, bien campée sur ses jambes, la tête rejetée en arrière, un gras chou bleu-vert dans les mains, haute silhouette de paysanne sculpturale dans le soleil couchant...

7

ÊTES-VOUS SÛRE
QU'IL NE VOUS MANQUE RIEN ?
(Have you Got Everything you Want ?)

— *Par ici, madame.*

Sur le quai de la gare de Lyon, une grande femme en manteau de vison suivait un porteur qui croulait sous le poids des bagages.

Elle portait un béret de laine foncé incliné sur l'œil gauche. A droite se dessinait un charmant profil, et de petites boucles dorées encadraient une oreille finement ourlée. Typiquement américaine, elle était ravissante et plus d'un homme se retournait sur son passage tandis qu'elle se dirigeait vers son train.

Dans les porte-plaques des wagons à l'arrêt, les destinations étaient affichées :

PARIS-ATHÈNES. PARIS-BUCAREST. PARIS-ISTANBUL.

Devant la voiture Paris-Istanbul, le porteur s'arrêta net et, défaisant la courroie qui maintenait les valises, les déposa lourdement sur le sol.

— *Voilà, madame.*

Le contrôleur des wagons-lits se tenait près du marchepied. Il accourut pour l'accueillir avec un « *Bonsoir, madame* » empressé auquel la coupe et la somptuosité de son manteau de vison n'étaient sans doute pas étrangères.

La femme lui tendit son billet de réservation.

— Le n° 6, dit-il. Par ici.

D'un bond souple, il pénétra dans le train, devançant la voyageuse. Elle le suivit et, dans sa précipitation, faillit heurter un homme corpulent qui émergeait du compartiment contigu. Elle nota brièvement un visage rond et affable au regard bienveillant.

— *Voici, madame.*

Après lui avoir montré son compartiment, le contrôleur baissa la vitre et fit signe au porteur. Un employé subalterne hissa les bagages et les disposa dans le filet. La femme prit alors place.

Elle avait déposé à côté d'elle une mallette rouge et son sac à main. Il faisait chaud dans le compartiment, mais elle ne songeait pas à ôter son manteau. Elle regardait fixement par la vitre avec des yeux vides. Sur le quai, les gens se pressaient en tous sens. Des vendeurs de journaux, d'oreillers, de chocolat, de fruits, d'eau minérale lui tendaient leur marchandise, mais elle les regardait sans les voir. La gare de Lyon était à mille lieues de son esprit. Sur son visage se lisaient la tristesse et l'anxiété.

— Si Madame son passeport veut bien me montrer ?

Ces mots en mauvais anglais ne provoquant

aucune réaction, le contrôleur, debout sur le seuil, dut réitérer sa demande. Elsie Jeffries tressaillit.

— Pardon ?

— Votre passeport, s'il vous plaît.

Elle sortit le passeport de son sac et le lui tendit.

— Parfait, madame. De tout je m'occuperai. (Il marqua une petite pause significative avant d'ajouter :) Jusqu'à Istanbul j'accompagnerai Madame.

Elsie lui tendit un billet de cinquante francs qu'il empocha en homme méthodique avant de demander à la voyageuse à quelle heure elle souhaitait qu'on fasse son lit et si elle avait l'intention de dîner.

Une fois ces questions réglées, il la laissa seule. Presque aussitôt un employé du restaurant passa dans le couloir en agitant frénétiquement sa clochette et en braillant à tous les échos : « Premier service, premier service. »

Elsie se leva, défit son lourd manteau de fourrure, jeta un bref regard à son miroir et, prenant avec elle son sac et sa mallette à bijoux, sortit dans le couloir. A peine eut-elle fait quelques pas que l'employé du restaurant repassa. Pour l'éviter, Elsie recula un instant sur le seuil du compartiment voisin pour le moment déserté. Elle s'apprêtait à poursuivre son chemin jusqu'au wagon-restaurant lorsque ses yeux tombèrent sur l'étiquette d'une valise posée sur le siège.

C'était une grosse valise en peau de porc, un peu usagée. Sur l'étiquette, on pouvait lire : « J. Parker Pyne, voyageur pour Istanbul », et la valise elle-même portait les initiales « P.P. ».

Une expression de surprise passa sur le visage de la jeune femme. Après un instant d'hésitation, elle regagna son compartiment, attrapa un exemplaire du *Times* qu'elle avait déposé sur la tablette avec des livres et quelques magazines, mais ne trouva pas ce qu'elle cherchait dans la colonne réservée aux annonces, en première page. De guerre lasse, elle se rendit à la voiture-restaurant, l'air un peu contrarié.

Le serveur lui désigna une place à une petite table où quelqu'un se trouvait déjà installé. C'était l'homme qu'elle avait failli heurter dans le couloir ;

autrement dit, le propriétaire de la valise en peau de porc.

Elsie l'observa à la dérobée. Il paraissait affable et bienveillant. Et il se dégageait de sa personne — elle n'aurait su dire pourquoi — quelque chose d'agréablement rassurant. Il manifestait une réserve typiquement britannique et ne prononça pas un mot avant le dessert.

— Ces trains sont toujours surchauffés, dit-il alors.

— C'est vrai, acquiesça Elsie. Quel dommage qu'on ne puisse pas laisser la vitre ouverte !

Il lui adressa un sourire compatissant.

— Hélas, c'est impossible ! A part nous, tout le monde ici protesterait.

Elle répondit par un sourire. Puis le silence s'instaura de nouveau entre eux.

Le café fut apporté, suivi de l'addition, traditionnellement indéchiffrable. Après avoir posé quelques billets sur la sienne, Elsie prit soudain son courage à deux mains.

— Excusez-moi, murmura-t-elle, mais j'ai vu votre nom sur votre valise. Seriez-vous... seriez-vous par hasard le Parker Pyne qui...

Comme elle balbutiait, il vint à son secours.

— C'est bien moi, en effet. Du moins si c'est à cela que vous faites allusion.

Et il cita l'annonce du *Times* qu'elle avait si souvent lue mais qu'elle n'avait pas retrouvée tout à l'heure : — « Heureux(se) ? Sinon venez consulter Mr Parker Pyne. » Oui, il s'agit bien de moi.

— Ça, par exemple ! dit Elsie. C'est... c'est extraordinaire.

Il secoua la tête.

— Pas vraiment. Extraordinaire de votre point de vue, mais pas du mien.

Il lui adressa un sourire rassurant, puis se pencha un peu vers elle. La plupart des autres dîneurs avaient quitté le compartiment.

— Vous n'êtes donc pas heureuse ? dit-il.
— Je...

Elsie avait voulu répondre, mais s'était interrompue aussitôt.

— Sans quoi vous n'auriez pas dit : « C'est extraordinaire », fit-il remarquer.

Son interlocutrice resta un moment silencieuse. La seule présence de cet homme l'apaisait étrangement.

— Oui, admit-elle enfin, je suis... je suis malheureuse. Ou pour le moins inquiète.

Il hocha la tête avec compassion.

— Figurez-vous, poursuivit-elle, qu'il s'est passé quelque chose de très curieux et je ne sais absolument pas quoi faire.

— Si vous me racontiez tout cela, suggéra-t-il.

Elsie pensa à l'annonce, cette annonce qu'Edward et elle avaient si souvent commentée et dont ils avaient tant ri. Si elle avait pu deviner qu'un jour... Mais peut-être ferait-elle mieux de ne pas se confier... Et si ce Parker Pyne n'était qu'un charlatan ?... Pourtant, il avait l'air très gentil.

Elsie se décida. Elle était prête à tout pour chasser l'inquiétude de son esprit.

— Bien. Voilà... Je vais rejoindre mon mari à Constantinople. Il travaille beaucoup avec l'Orient pour ses affaires et il a jugé nécessaire, cette année, de faire le voyage. Il est parti depuis une quinzaine de jours. Il devait s'occuper de tout préparer avant mon arrivée. Cette idée de voyage m'a enthousiasmée. Figurez-vous que je n'étais jamais allée à l'étranger. Nous venons de passer six mois en Angleterre.

— Votre mari et vous êtes américains, n'est-ce pas ?

— Oui.

— Et peut-être n'êtes-vous pas mariés depuis longtemps ?

— Cela fait maintenant un an et demi.

— Etes-vous satisfaite de votre vie de couple ?

— Oh, oui ! Edward est un ange. (Elle hésita un instant.) Peut-être manque-t-il d'allant. Il est un peu... un peu trop guindé. L'éducation puritaine et tout ce qui s'ensuit. Mais c'est tout de même un *chou,* s'empressa-t-elle d'ajouter.

Mr Parker Pyne la dévisagea un instant d'un air songeur.

— Continuez, dit-il.

— Ça s'est passé une semaine avant le départ d'Edward. En écrivant une lettre dans son bureau, j'ai remarqué quelques mots sur un buvard. Je venais de lire une histoire policière où il était question d'un buvard qui servait de pièce à conviction et, pour m'amuser, j'ai placé celui-ci devant un miroir. J'ai seulement fait cela comme ça, par jeu, Mr Pyne, je vous assure que je n'avais pas du tout l'intention d'espionner Edward. Comment pourrait-on avoir des soupçons sur un homme aussi charmant ?

— Oui, oui. Je comprends tout à fait.

— Je n'ai eu aucun mal à déchiffrer ce qui était écrit. Tout d'abord, j'ai lu le mot « épouse », puis « Simplon Express », et, au-dessous, « juste avant Venise serait le meilleur moment ».

Elle s'arrêta.

— Curieux, dit Mr Pyne. Particulièrement curieux. Etes-vous sûre qu'il s'agissait de l'écriture de votre mari ?

— Bien entendu. Mais j'ai beau me creuser la cervelle, je ne vois pas dans quel contexte ces mots pourraient trouver leur place.

— « Juste avant Venise serait le meilleur moment », répéta Mr Pyne. Oui, c'est vraiment bizarre.

Mrs Jeffries, le visage presque offert, lui adressa un regard plein du plus flatteur des espoirs.

— Que dois-je faire ? lui demanda-t-elle avec une belle simplicité.

— Je crains, lui répondit Mr Parker Pyne, que nous ne soyons contraints d'attendre ce « juste avant Venise ». (Il prit un dépliant sur la table.) Voici pour l'horaire de notre train. L'arrivée à Venise est prévue pour demain à 14 h 27.

Ils échangèrent un regard.

— Laissez-moi faire, conclut Parker Pyne.

Il était 14 h 05. Le Simplon Express avait onze minutes de retard et l'on n'avait passé Mestre que depuis un quart d'heure.

Mr Pyne se trouvait dans le compartiment de Mrs Jeffries, assis face à la jeune femme. Jusque-là, le voyage avait été agréable et sans surprise. Mais on en était au point où, si quelque chose devait se produire, ce serait maintenant. Le cœur d'Elsie Jeffries battait à tout rompre et le regard anxieux qu'elle posa sur son compagnon exprimait son besoin d'être rassurée.

— Gardez votre sang-froid, lui dit-il. Vous n'avez rien à craindre. Je suis là.

Soudain un cri éclata dans le couloir.

— Regardez... regardez ! Le wagon est en feu !

D'un bond, Elsie et Mr Parker Pyne se retrouvèrent dans le couloir. Une femme d'allure slave, l'air paniqué, désignait avec effroi le lieu du sinistre. Un nuage de fumée s'échappait de l'un des compartiments de tête. Mr Parker Pyne et Elsie se précipitèrent, bientôt rejoints par d'autres voyageurs. Le compartiment en question était envahi de fumée. Les premiers arrivants reculèrent en toussant. Le contrôleur fit irruption.

— Ce compartiment vide il est ! baragouina-t-il. N'inquiétez-vous pas, *messieurs-dames*. Le feu l'éteindre nous allons.

Les questions fusèrent de toutes parts. L'excitation était à son comble. Le train franchissait à présent le pont qui relie Venise à la terre ferme.

Soudain Mr Parker Pyne se retourna et, se frayant un chemin au milieu des voyageurs rassemblés dans le couloir, regagna rapidement le compartiment d'Elsie. La femme de type slave s'y était assise et aspirait de grandes bouffées d'air par la vitre baissée.

— Je vous prie de m'excuser, madame, dit Parker Pyne, mais ceci n'est pas votre compartiment.

— Je sais. Je sais, dit la dame slave. *Pardon.* C'est le choc, l'émotion... mon cœur !

Elle se tassa sur la banquette, le visage tourné vers la fenêtre. Haletante, elle avait le souffle court.

Mr Parker Pyne se tenait sur le seuil. Sa voix se fit rassurante, paternelle.

— Inutile de vous inquiéter. Je ne crois pas un instant que cet incendie soit sérieux.

— Vraiment ? Ah ! quelle chance ! Je me sens mieux tout d'un coup. (Elle se leva à demi.) Je vais regagner mon compartiment.

— Pas tout de suite, dit Mr Parker Pyne en la

repoussant doucement sur la banquette. Je vous prie d'attendre un instant, madame.

— Mais de quel droit, monsieur ?

— Restez tranquille, s'il vous plaît.

Il avait parlé d'un ton froid et, les yeux fixés sur lui, la femme se rassit. Elsie les rejoignit.

— C'était une bombe fumigène, dit-elle, tout essoufflée. Une plaisanterie grotesque. Le contrôleur est furieux, il interroge tout le monde et...

Elle s'interrompit en apercevant la seconde occupante du compartiment.

— Mrs Jeffries, dit Mr Parker Pyne, que transportez-vous dans votre mallette rouge ?

— Mes bijoux.

— Peut-être pourriez-vous vous assurer que rien n'a été subtilisé.

Un torrent d'invectives jaillit tout aussitôt. Et la femme slave passa très vite de l'anglais au français — langue qui lui permettait le mieux d'exprimer le fond de sa pensée.

Dans le même temps, Elsie avait saisi sa mallette à bijoux.

— Oh ! s'écria-t-elle, mais elle est ouverte !

— ... *Et je porterai plainte à la Compagnie des Wagons-Lits !* trémola la femme slave en guise de conclusion.

— Tout a disparu ! s'écria Elsie. Tout ! Mon bracelet de diamant. Le collier que papa m'avait offert. Mes bagues d'émeraude et de rubis. Des broches de diamant ravissantes. Heureusement encore que je portais mes perles. Oh ! Mr Pyne, qu'allons-nous faire ?

— Si vous alliez chercher le contrôleur, dit Mr Parker Pyne, je veillerai pendant ce temps-là à ce que cette personne ne sorte pas d'ici.

— *Scélérat ! Sacripant !* vociféra la femme.

Et elle continua à l'invectiver. Le train entrait en gare de Venise.

Ce qui se passa dans la demi-heure suivante peut se résumer en quelques mots. Mr Pyne eut affaire à un certain nombre de personnages officiels auxquels il dut s'adresser en un certain nombre de langues, pour finalement s'avouer vaincu. La femme soupçonnée consentit à être fouillée et en sortit blanchie. Les bijoux n'étaient pas sur elle.

Entre Venise et Trieste, Mr Parker Pyne et Elsie discutèrent de l'affaire.

— Quand avez-vous vu vos bijoux pour la dernière fois ?

— Ce matin. J'ai rangé une paire de boucles d'oreilles en saphir que je portais hier et sorti des perles à la place.

— Et à ce moment-là il ne manquait rien ?

— Je n'ai évidemment pas regardé en détail. Mais tout semblait en ordre. Il aurait pu manquer une bague ou un petit bijou, sans plus.

Mr Parker Pyne hocha la tête.

— Et quand le contrôleur est venu faire le compartiment, ce matin ?

— J'avais la mallette avec moi, dans la voiture-restaurant. Je ne m'en sépare jamais. Je ne l'ai pas abandonnée un instant, sauf tout à l'heure, quand l'incendie a éclaté.

— C'est donc bien cette pauvre et innocente victime, Mme Subayska — ou quelle que soit la façon dont elle s'appelle vraiment —, qui a fait le coup. Mais où diable a-t-elle bien pu mettre ces bijoux ? Elle n'est restée là que quelques minutes — juste le temps d'ouvrir la mallette avec un double de la clé et de s'emparer du contenu. Mais que s'est-il passé ensuite ?

— Vous croyez qu'elle les a donnés à quelqu'un d'autre ?

— Peu probable. Je suis revenu presque aussitôt. Si quelqu'un était sorti du compartiment, je l'aurais vu.

— Peut-être les a-t-elle jetés à quelqu'un par la vitre.

— Excellente suggestion. Seulement il se trouve que nous traversions la lagune à ce moment-là. Le train franchissait le pont.

— Elle les a peut-être cachés ici même.

— On peut toujours chercher.

Avec une énergie typiquement outre-Atlantique, Elsie entreprit d'explorer le compartiment. Mr Parker Pyne, en revanche, participa à la recherche d'un air quelque peu absent. Comme elle lui reprochait son manque d'empressement, il s'excusa :

— J'étais en train de penser que j'aurai un télégramme important à envoyer de Trieste.

Cette explication reçut un accueil plutôt froid. Mr Parker Pyne avait singulièrement baissé dans l'estime d'Elsie.

— J'ai l'impression que vous m'en voulez, Mrs Jeffries, dit-il humblement.

— Il faut bien reconnaître que vous avez échoué, rétorqua-t-elle.

— N'oubliez pas, chère madame, que je ne suis pas détective. Vol et exactions ne sont pas mon rayon. Mon domaine à moi, c'est le cœur humain.

— D'accord, j'étais bien un peu malheureuse en montant dans ce train, dit Elsie, mais ce n'était rien à côté de maintenant ! Je n'ai plus que les yeux pour pleurer. Mon si joli, si joli bracelet... Et la bague d'émeraude qu'Edward m'avait offerte le jour de nos fiançailles !

— J'imagine que vous êtes assurée contre le vol, objecta Mr Pyne.

— Hein ? Je n'en sais rien. Mais ces bijoux avaient pour moi une valeur sen-ti-men-ta-le, Mr Pyne.

Le train ralentit. Mr Parker Pyne jeta un regard par la vitre.

— Trieste, dit-il. Il faut que j'envoie mon télégramme.

— Edward !

Le visage d'Elsie s'illumina lorsqu'elle vit son mari se précipiter à sa rencontre sur le quai de la gare d'Istanbul. La perte de ses bijoux fut reléguée au second plan. Elle oublia les mots étranges inscrits sur le buvard. Elle oublia tout sauf le fait qu'elle n'avait pas vu son mari depuis quinze jours et que, malgré son allure sérieuse et réservée, il n'en était pas moins le plus séduisant des hommes.

Ils quittaient la gare lorsqu'une petite tape amicale sur l'épaule obligea Elsie à se retourner. Le visage affable de Mr Parker Pyne affichait le plus franc des sourires.

— Mrs Jeffries, dit-il, voulez-vous me rejoindre à l'*Hôtel Tokatlian* dans une demi-heure ? Je crois que j'aurai une bonne nouvelle à vous annoncer.

Adressant un regard embarrassé à son époux, Elsie fit les présentations.

— Euh... mon mari... Mr Parker Pyne.

— Votre épouse a dû vous prévenir par télégramme que ses bijoux lui ont été volés. J'ai fait mon possible pour l'aider à les retrouver. Et je crois pouvoir lui donner des nouvelles d'ici une demi-heure.

Elsie jeta à Edward un coup d'œil inquisiteur. Il s'empressa de répondre :

— Tu ferais bien d'y aller, mon amour. Vous avez dit le *Tokatlian*, Mr Pyne ? Très bien. Je veillerai à ce qu'elle y soit.

Une demi-heure plus tard très exactement, on introduisit Elsie dans le salon privé de Mr Parker Pyne. Il se leva pour l'accueillir.

— Je vous ai déçue, Mrs Jeffries, dit-il. Si, si, ne le niez pas. Je ne prétends pas être un magicien, je fais de mon mieux. Jetez un coup d'œil là-dedans.

Il lui tendit une petite boîte en carton rigide qu'elle ouvrit aussitôt. A l'intérieur se trouvaient les bagues, les broches, le bracelet, le collier — il ne manquait rien.

— Oh ! Mr Pyne, c'est merveilleux ! Tellement... tellement merveilleux !

Mr Parker Pyne sourit avec modestie.

— Je suis content d'avoir pu répondre à votre attente, chère madame.

— Oh ! Mr Pyne, je suis si confuse ! Après Trieste, j'ai été odieuse avec vous. Et voilà que... Mais comment les avez-vous retrouvés ? Où ? Quand ?

Mr Parker Pyne dodelina de la tête d'un air songeur.

— C'est une longue histoire, dit-il. Vous en connaîtrez le fin mot un jour. Peut-être même bientôt, en fait.

— Pourquoi ne le connaîtrais-je pas tout de suite ?

— Il y a à cela de bonnes raisons, dit-il.

Et Elsie dut se résoudre à prendre congé sans avoir pu satisfaire sa curiosité.

Quand elle fut partie, Mr Parker Pyne prit son chapeau et sa canne et sortit dans les rues de Pera. Il souriait aux anges et entra au bout d'un moment dans un estaminet pour l'instant désert, qui dominait la Corne d'Or. Sur l'autre rive, les fins minarets des mosquées d'Istanbul se découpaient sur le ciel orangé. La vue était magnifique. Mr Pyne s'assit et commanda deux cafés. Il avait à peine goûté le breuvage épais et sucré qu'un homme prit place en face de lui. C'était Edward Jeffries.

— Je vous ai commandé un café, dit Mr Pyne en désignant l'autre tasse.

Edward écarta la tasse. Il se pencha vers Mr Pyne.

— Comment avez-vous deviné ? demanda-t-il.

La mine rêveuse, Mr Parker Pyne sirotait son café.

— Votre femme a dû vous parler de ce qu'elle avait découvert sur le buvard ? Non ? Eh bien, elle va le faire. Pour l'heure, ça lui est sorti de l'esprit.

Il mentionna donc la découverte d'Elsie.

— Bon, cela collait parfaitement avec le curieux incident qui s'est produit juste avant Venise. Pour une raison que j'ignore, vous avez manigancé le vol des bijoux de votre femme. Mais pourquoi cette phrase : « Juste avant Venise serait le meilleur moment » ? Il y avait là quelque chose d'absurde. Pourquoi n'avoir pas laissé votre... agent choisir elle-même l'heure et le lieu ?

» Et puis soudain, j'ai découvert l'explication. *Les bijoux de votre femme ont été volés avant votre départ de Londres et remplacés par des copies.* Mais cette solution ne vous satisfait pas. Vous êtes un homme de conscience et vous avez l'âme noble. L'idée qu'on puisse accuser un domestique ou suspecter un innocent vous faisait horreur. Il fallait qu'un vol soit réellement commis, en un lieu et selon un plan qui ne permettraient d'accuser personne de votre entourage ou de votre domesticité.

» Vous procurez donc à votre complice une clé de la mallette à bijoux et une bombe fumigène. Au moment adéquat, elle donne l'alerte, se précipite dans le compartiment de votre femme, ouvre la mallette à bijoux et jette les faux dans la lagune. On peut la soupçonner et la fouiller, mais rien ne peut être retenu contre elle puisque les bijoux ne sont pas en sa possession.

» Ainsi, la raison qui vous a dicté l'heure et le lieu apparaît clairement. Si on s'était contenté de jeter les bijoux sur le bord de la voie ferrée, ils auraient pu être retrouvés. D'où le choix du moment précis où le train passe au-dessus de la lagune.

» Pendant ce temps, vous prenez vos dispositions pour vendre les bijoux ici même. Il vous suffit d'attendre que le vol ait bien eu lieu. Cependant, mon télégramme vous parvient à temps. Vous obéissez à mes instructions et déposez la boîte de bijoux au *Tokatlian* jusqu'à mon arrivée, sachant que, si vous n'obtempérez pas, je mettrai à exécution ma menace de prévenir la police. Et, toujours conformément à mes instructions, vous me rejoignez dans ce café.

Edward Jeffries adressa à Mr Parker Pyne un regard de détresse. C'était un très beau garçon, blond et élancé, avec un menton rond et de grands yeux étonnés.

— Comment vous expliquer ? dit-il d'un air désespéré. Vous devez me prendre pour un vulgaire voleur.

— Pas du tout, répondit Mr Parker Pyne. Au contraire, je dois vous avouer que vous me paraissez tragiquement honnête. J'ai l'habitude de classer les gens en catégories. Vous, cher monsieur, m'avez tout l'air d'entrer dans celle des victimes. Mais racontez-moi donc toute l'histoire.

— Elle se résume en un mot : chantage.

— Où ?

— Vous avez vu ma femme ; c'est une créature candide et innocente, qui ne sait pas ce qu'est le mal, qui n'en a même pas l'idée.

— Oui, oui.

— Elle est merveilleusement idéaliste et pure. Si elle venait à découvrir... à découvrir ce que j'ai fait, elle me quitterait.

— Je n'en suis pas si sûr. Mais là n'est pas la question. Qu'avez-vous fait, mon jeune ami ? Je présume que c'est une histoire de femme ?

Edward Jeffries acquiesça.

— Depuis votre mariage ou avant ?

— Avant, oh ! bien avant.

— Allons, allons, qu'est-il arrivé ?
— Mais rien, rien du tout. C'est là le plus terrible. Ça se passait dans un hôtel aux Antilles. Une femme très séduisante y séjournait aussi, une certaine Mrs Rossiter. Son mari était un homme violent, sujet aux colères les plus redoutables. Une nuit, il l'a menacée avec un revolver. Elle a réussi à lui échapper et elle est venue trouver refuge dans ma chambre. Elle était presque folle de terreur. Elle... elle m'a demandé de la laisser rester jusqu'au lendemain matin. Comment aurais-je pu refuser ?

Mr Parker Pyne regarda le jeune homme dans les yeux et ce dernier soutint franchement son regard. Mr Pyne soupira.

— Autrement dit, et pour parler crûment, vous vous êtes fait avoir comme un bleu, Mr Jeffries.
— Je vous assure que...
— Oui, oui, bien sûr. C'est un très vieux truc, mais qui peut encore marcher avec des garçons chevaleresques. J'imagine que le chantage est intervenu au moment de l'annonce de votre mariage ?
— Oui. J'ai reçu une lettre. Si je n'envoyais pas une certaine somme, tout serait dévoilé à mon futur beau-père. Comment j'avais... j'avais détourné cette femme de son époux ; comment elle était venue me rejoindre dans ma chambre. Le mari entamerait une procédure de divorce. Je vous assure, Mr Pyne, on voulait vraiment me faire passer pour le plus vil des séducteurs.

Il passa sur son front une main lasse.

— Oui, oui, je m'en doute. Vous avez donc payé. Et puis, de temps à autre, ils sont revenus à la charge.
— Oui. Il ne me manquait plus que ça. Mes affaires ont été rudement affectées par la crise. Je me suis retrouvé sans argent disponible. C'est alors que j'ai bâti ce plan.

Il saisit sa tasse de café refroidi, la regarda d'un air absent et la porta à ses lèvres.

— Que puis-je faire, maintenant ? demanda-t-il d'un ton pathétique. Que puis-je faire, Mr Pyne ?
— Je vais vous aider, lui répondit Mr Pyne d'un ton ferme. Je me charge de vos maîtres chanteurs.

Quant à votre femme, allez de ce pas lui dire la vérité — ou du moins une partie de la vérité. Le seul point sur lequel il vous faut mentir concerne ce qui s'est réellement passé aux Antilles. Cachez-lui surtout que vous vous êtes... que vous vous êtes, comme je vous l'ai déjà dit, fait avoir comme un bleu.

— Mais...

— Cher Mr Jeffries, vous ne comprenez rien aux femmes. Si une femme doit choisir entre un benêt et un Don Juan, elle choisit immanquablement le Don Juan. Votre femme est une personne charmante, innocente, mais qui a de l'idéal. Le seul moyen pour qu'elle jouisse pleinement de l'existence auprès de vous consiste à lui laisser croire qu'elle a maté un coureur de jupons.

Edward Jeffries le regarda, bouche bée.

— Vous m'avez bien compris, reprit Mr Parker Pyne. Pour le moment, votre femme vous aime, mais je crains qu'il n'en soit pas toujours ainsi si vous vous entêtez à lui donner une image de vertu et de rectitude qui est bien souvent synonyme d'ennui.

» Allez la rejoindre, mon garçon, ajouta gentiment Mr Parker Pyne. Avouez-lui tout... c'est-à-dire tout ce qui vous passera par la tête. Et puis expliquez-lui que, du jour où vous l'avez rencontrée, vous avez renoncé à votre vie de débauche. Que vous avez même été jusqu'à commettre un vol pour qu'elle ne sache rien de votre passé. Elle vous pardonnera avec des transports d'allégresse.

— Mais s'il n'y a rien à pardonner...

— Qu'importe la vérité ! lui rétorqua Mr Parker Pyne. Mon expérience m'a prouvé qu'elle est l'origine de bien des déboires. Il y a un axiome fondamental dans la vie conjugale : il *faut* mentir aux femmes. Elles aiment ça ! Allez vous faire pardonner, mon garçon. Et puis, vivez heureux. Il est probable que votre épouse vous aura à l'œil chaque fois qu'une jolie femme s'approchera de vous — cela agace certains hommes, mais je pense que ce ne sera pas votre cas.

— Aucune femme ne m'intéresse en dehors d'Elsie, déclara Mr Jeffries avec simplicité.

— Bravo, mon cher, dit Mr Parker Pyne. Mais à votre place, je m'arrangerais quand même pour qu'elle n'en sache rien. Les femmes n'aiment pas le succès trop facile.

Edward Jeffries se leva.

— Vous croyez vraiment que...

— *J'en suis sûr*, lui répondit Mr Parker Pyne d'un ton sans réplique.

8

LA PORTE DE BAGDAD
(The Gate of Baghdad)

— *Quatre grandes portes possède la cité de Damas...*
Mr Parker Pyne se récitait à voix basse les vers de Flecker.
Poterne du Destin, Porte du Désert, Caverne du Malheur, Fort de la Peur,
Porte de Bagdad je suis, le seuil du Diarbékir.

Il déambulait dans les rues de Damas et vit soudain, arrêté devant l'*Hôtel Oriental*, un imposant autocar à six roues, du même modèle que celui qu'il emprunterait le lendemain matin, avec onze autres passagers, pour traverser le désert et gagner Bagdad.

Ne passe pas sous ma voûte, O Caravane, ou passe sans chanter. N'entends-tu pas
Ce silence d'oiseaux morts où cependant demeure comme un pépiement ?
Passe et tu trépasseras, O Caravane, Caravane du Trépas, Caravane de la Mort !

Ce n'était plus d'actualité. Autrefois, la porte de Bagdad était bel et bien la porte de la Mort. Six cent cinquante kilomètres de désert à traverser en caravane. De longs mois d'un voyage épuisant. Désormais, les monstres à essence que l'on rencontrait partout effectuaient le trajet en trente-six heures.

— Que disiez-vous, Mr Parker Pyne ?

C'était la voix enthousiaste de miss Netta Pryce, spécimen le plus jeune et charmant de la sous-catégorie des touristes. Bien qu'affligée d'une tante austère, quelque peu barbue et assoiffée de connaissances bibliques, Netta parvenait néanmoins à se distraire de mille façons frivoles que miss Pryce l'aînée eût sans doute désapprouvées.

Mr Parker Pyne répéta les vers de Flecker.

— Comme c'est grisant ! fit Netta.

Trois hommes en uniforme de l'Armée de l'air se trouvaient à proximité. Et l'un d'entre eux, admirateur de Netta, intervint.

— Le voyage peut encore procurer des émotions, dit-il. Même aujourd'hui, il arrive que des bandits tirent sur le convoi. Et puis, on peut se perdre... cela se produit parfois. On nous envoie alors à la recherche des disparus. Un type a erré pendant cinq jours dans le désert. Heureusement, il avait de l'eau. Et puis il y a les cahots. Et quels cahots ! Un type en est mort. Je ne vous raconte pas d'histoires. Il dormait, sa tête a heurté le toit du véhicule et ça lui a réglé son compte.

— Dans l'autocar à six roues, Mr O'Rourke ? demanda miss Pryce l'aînée.

— Non... non, pas dans le six-roues, reconnut le jeune homme.

— Ce n'est pas tout ça, mais il faut que nous visitions un peu, gémit Netta.

Sa tante sortit un guide.

Netta s'éloigna sur la pointe des pieds.

— Je parie qu'elle va vouloir aller se pâmer dans je ne sais quel endroit où saint Paul s'est fait jeter par la fenêtre, chuchota-t-elle. Et moi qui meurs d'envie de visiter les bazars !

O'Rourke réagit immédiatement.

— Venez avec moi. Nous descendrons d'abord ce qu'ils appellent la rue Droite...

Ils s'éclipsèrent.

Mr Parker Pyne se tourna alors vers un homme silencieux, debout près de lui, qui se nommait Hensley. Il appartenait à l'administration des travaux publics de Bagdad.

— Damas est un peu décevante, lorsqu'on la voit pour la première fois, dit-il de l'air de s'excuser. Un peu civilisée — trams, immeubles et magasins modernes...

Hensley hocha la tête. C'était un taciturne.

— On n'est pas... au bout du monde... quand on s'y croit arrivé, dit-il d'une voix saccadée.

Un nouveau personnage arriva, un jeune homme blond qui portait une vieille cravate d'Eton. Son visage avenant, quoiqu'un peu niais, semblait à cet instant préoccupé. Hensley et lui travaillaient dans la même administration.

— Salut, Smethurst, lui dit son ami. Tu as perdu quelque chose ?

Le capitaine Smethurst secoua la tête. C'était un garçon à l'esprit un peu lent.

— Je jette simplement un coup d'œil, répondit-il d'un ton vague. (Puis il parut se secouer et ajouta :) On devrait faire la nouba, ce soir, non ?

Les deux amis s'en allèrent ensemble. Mr Parker Pyne acheta un journal local en français.

Il ne le trouva pas très intéressant. Les nouvelles du cru ne le concernaient pas et il ne se passait apparemment rien d'important ailleurs. Il trouva quelques paragraphes intitulés : *Londres*.

Le premier traitait de questions financières. Le second était consacré à la destination présumée de Mr Samuel Long, l'homme d'affaires en fuite. Le montant de ses détournements s'élevait désormais à trois millions de livres et, selon la rumeur, il avait gagné l'Amérique du Sud.

— Pas trop mal, pour un homme qui aborde la trentaine, marmotta Mr Parker Pyne pour lui-même.

— Je vous demande pardon ?

Parker Pyne pivota sur lui-même et se trouva face à face avec un général italien qui avait fait la traversée de Brindisi à Beyrouth sur le même bateau que lui.

Il lui expliqua sa remarque. Le général hocha plusieurs fois la tête.

— Il est un grand criminel, cet homme, baragouina-t-il. Même en Italie des pertes il a causé. Il inspirait confiance à tous de par le monde. C'est un homme de bonne éducation aussi à ce qu'il m'est conté.

— Ma foi, il a fréquenté Eton et Oxford, répondit prudemment Mr Parker Pyne.
— On va l'arrêter, vous pensez ?
— Cela dépend de son avance. Il est peut-être toujours en Angleterre. Il peut être... n'importe où.
— Ici avec nous ? plaisanta le général.
— C'est possible. (Mr Parker Pyne demeura sérieux.) Rien ne prouve, Général, ajouta-t-il, que ce n'est pas *moi*.

Le général lui adressa un regard étonné. Puis il comprit et son visage olivâtre se détendit.
— Oh ! elle est très bien bonne... Vraiment très bien bonne. Mais vous...

Ses yeux descendirent du visage de Mr Parker Pyne à son estomac.

Mr Parker Pyne interpréta correctement ce regard.
— Il ne faut pas se fier aux apparences, dit-il. Un peu de... euh... d'embonpoint supplémentaire est facile à obtenir et vous vieillit son homme.

Comme pour lui-même, il ajouta :
— Il ne reste plus guère qu'à se teindre les cheveux, à se brunir le visage et même à changer de nationalité.

Le général Poli s'éloigna, indécis. Il ne savait jamais jusqu'à quel point les Anglais étaient sérieux.

Pour se distraire, ce soir-là, Mr Parker Pyne alla au cinéma. Puis on lui indiqua le *Palais des Folies Noctambules*. Mais il n'y trouva ni palais ni folies noctambules ou autres. Quelques dondons se trémoussaient avec une absence manifeste d'enthousiasme. Les applaudissements étaient languissants.

Soudain Mr Pyne aperçut Smethurst. Le jeune officier était seul à une table. Son visage rouge amena Mr Parker Pyne à conclure qu'il avait déjà bu plus que de raison. Il alla se joindre à lui.
— Ignoble, la façon dont ces filles vous traitent, non ? grommela le capitaine Smethurst d'un air sombre. Il y en a une, je lui ai payé deux verres... trois verres... des tas de verres. Et puis elle est partie au bras d'un métèque en me riant au nez. Ignoble, il n'y a pas d'autre mot. Non ?

Mr Parker Pyne compatit. Il suggéra du café.

— J'ai commandé de l'arack, dit Smethurst. Fameux. Devriez essayer. Non ?

Les propriétés de l'arack n'avaient pas de secret pour Mr Parker Pyne. Il eut recours au tact. Smethurst, toutefois, ne voulut rien entendre.

— J'ai des ennuis, confia-t-il. Il faut que je me remonte le moral. Non ? Je me demande ce que vous feriez à ma place. Je ne suis pas du genre à trahir un copain, non ? En fait... et pourtant... qu'est-ce que c'est qu'un copain ?

Il dévisagea Mr Parker Pyne, comme s'il venait de constater sa présence.

— Qui êtes-vous ? demanda-t-il avec une brusquerie issue de ses libations. C'est quoi, votre truc dans la vie ?

— Le coup de la confiance, répondit Mr Parker Pyne avec douceur.

Smethurst le considéra avec un vif intérêt.

— Quoi ? Vous aussi ?

Parker Pyne sortit une coupure de journal de son portefeuille. Il la posa sur la table, devant Smethurst.

Smethurst eut quelques difficultés à concentrer son attention.

— Incroyable, fit-il. Vous voulez dire que les gogos viennent vous raconter leur vie ?

— Ils se confient à moi, oui.

— Tout un tas de bonnes femmes stupides, je suppose. Non ?

— De nombreuses femmes, reconnut Mr Parker Pyne. Mais aussi des hommes. Pourquoi pas vous, mon jeune ami ? Vous cherchiez un conseil, il y a un instant ?

— Vous allez la boucler, non ? vociféra le capitaine Smethurst. Ça ne regarde personne... personne, sauf moi. Alors, il vient cet arack ?

Mr Parker Pyne secoua tristement la tête.

Il renonçait à aider le capitaine Smethurst.

Le convoi à destination de Bagdad s'ébranla à 7 heures du matin. Il était composé de douze personnes : Mr Parker Pyne, le général Poli, miss Pryce et sa nièce, trois officiers de l'Armée de l'air, Smethurst, Hensley, plus une Arménienne et son fils, nommés Pentemian.

Le voyage débuta sans incidents. Les vergers de Damas disparurent bientôt. Le ciel était nuageux et le jeune chauffeur lui adressa plusieurs regards indécis. Il échangea quelques remarques avec Hensley.

— Il a beaucoup plu, de l'autre côté de Rutbah. Espérons qu'on ne va pas s'embourber.

Ils firent halte à midi, et l'on distribua les boîtes en carton contenant le déjeuner. Les deux chauffeurs firent du thé, que l'on servit dans des gobelets en carton. Puis ils repartirent dans la plaine interminable.

Mr Parker Pyne songeait aux lentes caravanes d'autrefois, aux semaines de voyage...

Au coucher du soleil, ils atteignirent le fort abandonné de Rutbah.

L'important portail n'était pas verrouillé et le six-roues pénétra dans la cour intérieure.

— Comme c'est grisant ! dit Netta.

Après un brin de toilette, elle eut envie d'un brin de marche à pied. Le lieutenant O'Rourke et Mr Parker Pyne proposèrent de l'accompagner. Comme ils se mettaient en route, le responsable les rattrapa et les supplia de ne pas s'éloigner, car il est souvent difficile de retrouver son chemin dans le crépuscule.

— Nous resterons à proximité, promit O'Rourke.

Marcher n'était pas, en réalité, très intéressant, compte tenu de l'uniformité du paysage.

A un moment donné, Mr Parker Pyne se baissa et ramassa un objet.

— Qu'est-ce que c'est ? demanda Netta, curieuse.

— Un silex préhistorique, miss Pryce... un perçoir.

— Est-ce qu'ils... s'en servaient pour s'entre-tuer ?

— Non... il avait une utilité plus pacifique. Mais j'imagine qu'ils auraient pu tuer avec, s'ils avaient voulu. C'est le *désir* de tuer qui compte... L'instrument lui-même est de peu d'importance. On peut toujours trouver *quelque chose* qui fera l'affaire.

La nuit tombait, et ils se hâtèrent de regagner le fort.

Après un dîner composé de nombreuses variétés de conserves, ils attendirent en fumant. Le six-roues devait repartir à minuit.

Le chauffeur semblait inquiet.

— Il y a des mauvais coins, par ici, dit-il. On risque de s'embourber.

Ils remontèrent s'installer dans l'imposant véhicule. Miss Pryce fut contrariée de ne pouvoir accéder à une de ses valises.

— J'aurais pourtant voulu mes pantoufles, geignit-elle.

— Vous aurez sûrement davantage besoin de vos bottes en caoutchouc, lui fit remarquer Smethurst. Croyez-en mon expérience, nous allons être coincés dans un océan de boue.

— Quoi ? Et moi qui n'ai pas de bas de rechange, dit Netta.

— Aucune importance. Vous resterez dans votre coin. Seul le sexe fort est obligé de descendre pousser.

— J'ai toujours des chaussettes de rechange sur moi, dit Hensley en tapotant la poche de son pardessus. On ne sait jamais.

On éteignit les lumières. Le lourd véhicule s'enfonça dans la nuit.

La piste était assez mauvaise. Ils n'étaient pas aussi secoués qu'ils l'auraient été dans une voiture de tourisme mais ils avaient quand même droit de temps en temps à quelques violentes secousses.

Mr Parker Pyne occupait une des places de devant. De l'autre côté de l'allée, l'Arménienne disparaissait sous un amoncellement d'écharpes et de châles. Son fils était derrière elle. Les demoiselles Pryce s'étaient installées derrière Mr Parker Pyne. Le général, Smethurst, Hensley, et les officiers de l'Armée de l'air avaient colonisé le fond.

Le six-roues filait dans la nuit. Mr Parker Pyne ne parvenait pas à trouver le sommeil. Il se sentait coincé. L'Arménienne avait allongé les jambes et empiétait sur son territoire. Elle, en tout cas, était à son aise.

Tous les autres semblaient dormir. Mr Parker Pyne commençait à somnoler lorsqu'un cahot inattendu le projeta vers le plafond. Il entendit, au fond du six-roues, une protestation ensommeillée.

— Doucement. Vous voulez notre peau ou quoi ?

Puis il se remit à somnoler. Quelques minutes plus tard, le cou fléchi, Mr Parker Pyne s'endormit...

Il fut réveillé en sursaut. Le six-roues était arrêté. Les hommes sortaient. Hensley expliqua brièvement :

— Nous sommes embourbés.

Soucieux de ne pas manquer le spectacle, Mr Parker Pyne s'aventura prudemment dans la boue. Il ne pleuvait pas. La lune brillait et, dans sa demi-clarté, les chauffeurs s'acharnaient à tenter de dégager les roues à l'aide de crics et de pierres. Presque tous les hommes aidaient à la manœuvre. Derrière les vitres, les trois femmes regardaient — miss Pryce et Netta avec intérêt, l'Arménienne avec un dégoût mal dissimulé.

Sur une injonction du chauffeur, les passagers unirent leurs efforts. En vain.

— Où est l'Arménien ? s'enquit O'Rourke. Les doigts de pied bien au chaud, oui ! Allons le rappeler à l'ordre.

— Le capitaine Smethurst aussi, fit remarquer le général Poli. Il n'est pas avec nous.

— Il dort encore, ce salopard. Regardez-le.

En effet, Smethurst était toujours sur son siège, la tête en avant, tassé sur lui-même.

— Je vais le réveiller, dit O'Rourke.

Il s'engouffra par la portière. Une minute plus tard, il réapparut. Sa voix avait changé.

— Dites donc, je crois qu'il est malade ou un truc dans ce goût-là. Où est le toubib ?

Le commandant Loftus, médecin de l'Armée de l'air, homme discret et grisonnant, sortit du groupe réuni près de la roue.

— Qu'est-ce qui lui arrive ? demanda-t-il.
— Je... Je n'en sais rien.

Le médecin monta dans le véhicule, O'Rourke et Parker Pyne sur les talons. Il se pencha sur le corps prostré. Un regard et une pression des doigts suffirent.

— Il est mort, annonça-t-il à mi-voix.
— Mort ? Mais comment ?

Les questions fusaient.

— Comme c'est atroce ! fit Netta.

Loftus regarda autour de lui d'un air irrité.

— Sa tête a dû heurter le plafond, dit-il. Il y a eu une mauvaise secousse, tout à l'heure.
— Ce n'est tout de même pas ça qui a pu le tuer ! Il n'y a pas autre chose ?
— Je ne peux rien affirmer avant de l'avoir examiné convenablement, décréta Loftus.

Il avait l'air très embêté. Les femmes se pressaient. Les hommes remontaient en rang serré.

Mr Parker Pyne glissa quelques mots au chauffeur. C'était un grand gaillard athlétique. Il prit successivement les passagères dans ses bras et, traversant les flaques de boue, alla les déposer au sec. Le transport de Mrs Pentemian et de Netta ne présenta guère de difficultés ; mais le poids de la corpulente miss Pryce le fit vaciller.

L'intérieur du six-roues ainsi dégagé, le médecin militaire fut à même de procéder à son examen.

Les hommes, eux, retournèrent s'atteler au dégagement du véhicule. Bientôt, le soleil pointa à l'horizon. La journée s'annonçait magnifique. La boue séchait rapidement, mais le six-roues n'était pas désembourbé pour autant. Trois crics avaient été brisés et, jusqu'ici, toutes les tentatives étaient demeurées vaines. Les chauffeurs entreprirent de préparer le petit déjeuner — ce qui consistait en gros à ouvrir des boîtes de saucisses et à faire bouillir de l'eau pour le thé.

Un peu à l'écart, le commandant Loftus livra ses conclusions.

— Il n'y a ni trace ni blessure sur le corps. Comme je l'ai dit, sa tête a dû heurter le toit.

— Vous êtes convaincu qu'il s'agit d'une mort naturelle ? demanda Mr Parker Pyne.

Quelque chose, dans sa voix, amena le médecin à se tourner brusquement vers lui.

— Je ne vois qu'une seule autre possibilité.

— A savoir ?

— Que quelqu'un l'ait frappé à la nuque avec un objet du genre sac de sable.

Il s'était exprimé sur un ton un peu gêné.

— Ça n'est guère vraisemblable, intervint Williamson, le troisième officier de l'Armée de l'air. (C'était un jeune homme au visage d'enfant.) En fait, poursuivit-il, si quelqu'un avait fait ça, nous l'aurions forcément vu.

— Et si nous étions en train de dormir ? hasarda le médecin.

— Le type ne pouvait pas en être sûr, fit remarquer l'autre. Se lever et tout ça risquait de réveiller quelqu'un.

— La seule possibilité, dit le général Poli, c'est son voisin de derrière. Il pouvait choisir son moment et n'avoir même pas besoin de se lever.

— Qui était derrière le capitaine Smethurst ? demanda le médecin.

O'Rourke répondit aussitôt.

— Hensley, mon commandant... mais ça ne colle pas. Hensley était le meilleur copain de Smethurst.

Le silence s'instaura. Puis la voix de Mr Parker Pyne s'éleva, calme et assurée.

— Je crois, dit-il, que le lieutenant Williamson a quelque chose à nous dire.

— Moi, monsieur ? Je... eh bien...

— Accouche, Williamson, dit O'Rourke.

— Ce n'est rien, vraiment... rien du tout.

— Accouche, bon sang !

— Ce n'est qu'une bribe de conversation que j'ai surprise... à Rutbah... dans la cour de l'hôtel. J'étais retourné au six-roues voir si je ne trouvais pas mon étui à cigarettes. J'étais en train de chercher un peu partout. Deux types discutaient, dehors, juste à côté. L'un était Smethurst. Il disait...

Il s'interrompit.

— Allons, mon vieux, accouche.

— Quelque chose à propos de ne pas laisser tomber un copain. Il semblait salement embêté. Puis il a conclu : « Je la bouclerai jusqu'à Bagdad — mais pas une minute de plus. Il faudra que tu te débrouilles pour filer en vitesse. »

— Et qui était l'autre ?

— Je ne sais pas, monsieur. Je le jure. Il faisait noir et il n'a prononcé que quelques mots que je n'ai pas pu saisir.

— Qui, parmi vous, connaissait bien Smethurst ?

— A mon avis, le mot « copain » ne peut s'appliquer qu'à Hensley, dit O'Rourke, songeur. Je connaissais Smethurst, mais très peu. Williamson est nouveau, ici... le commandant Loftus aussi. J'imagine qu'ils ne l'avaient jamais rencontré avant.

Les deux hommes manifestèrent leur assentiment.

— Et vous, général ?

— J'ai fait sa connaissance à Beyrouth et nous avons traversé le Liban dans la même voiture, c'est tout.

— Et l'Arménien ?

— Ça ne pouvait pas être un copain, trancha O'Rourke. Et aucun Arménien n'aurait le cran de tuer qui que ce soit.

— J'ai, peut-être, un autre petit indice, dit Mr Parker Pyne.

Il rapporta sa conversation avec Smethurst au *Palais des Folies Noctambules*.

— Il a employé l'expression « Je ne suis pas du genre à trahir un copain », résuma O'Rourke. Et il était salement embêté.

— Quelqu'un a-t-il quelque chose à ajouter ? demanda Mr Parker Pyne.

Le médecin toussota.

— Il n'y a peut-être aucun rapport..., commença-t-il.

On l'encouragea.

— J'ai seulement entendu Smethurst dire à Hensley : « Tu ne peux pas nier qu'il y a du coulage dans ton service. »

— Quand ça ?

— Hier matin, juste avant notre départ de Damas.

J'ai pensé qu'ils parlaient boutique. Je n'ai pas imaginé une seconde...

Il se tut.

— Mes amis, c'est très intéressant, dit le général. Petit à petit, nous réunissons les indices.

— Vous avez parlé d'un sac de sable, docteur, dit Mr Parker Pyne. Peut-on fabriquer une telle arme ?

— Ce n'est pas le sable qui manque, répondit le médecin, pince-sans-rire — et il en ramassa une poignée tout en parlant.

— Si on en mettait dans une chaussette..., commença O'Rourke qui hésita à poursuivre.

Tout le monde se souvenait des deux phrases prononcées par Hensley la veille au soir.

J'ai toujours des chaussettes de rechange sur moi. On ne sait jamais.

Il y eut un silence. Puis Mr Parker Pyne dit avec calme :

— Commandant Loftus, je crois que les chaussettes de rechange de Mr Hensley sont dans la poche de son pardessus, qui est resté dans le six-roues.

Ils se tournèrent un instant vers la silhouette taciturne qui faisait les cent pas à l'horizon. Hensley était resté à l'écart, depuis la découverte du cadavre. On respectait son désir de solitude, puisqu'on savait que le mort était son ami.

Mr Parker Pyne poursuivit :

— Voulez-vous aller les chercher ?

Le médecin hésita.

— Je n'ai pas l'habitude..., marmonna-t-il. (Il se tourna une nouvelle fois vers la silhouette qui déambulait au loin et reprit :) Ça me paraît un peu ignoble de...

— Allez-y, je vous en prie, insista Mr Parker Pyne. Les circonstances sont exceptionnelles. Nous sommes ici loin de tout. Et nous devons découvrir la vérité. Si vous allez chercher ces chaussettes, je suis convaincu que nous progresserons.

Docile, Loftus s'éloigna.

Mr Parker Pyne prit le général Poli à part.

— Général, je crois que vous étiez sur le même rang que le capitaine Smethurst, de l'autre côté de l'allée.

— C'est exact.
— Est-ce que quelqu'un s'est levé pour aller au fond ?
— Seulement l'Anglaise d'un certain âge, miss Pryce. Elle est allée au lavabo, tout au fond.
— A-t-elle trébuché ?
— Elle vacillait un peu, naturellement, à cause des cahots.
— C'est la seule personne que vous avez vue se déplacer ?
— Oui.

Le général le dévisagea avec curiosité et s'enquit :
— Qui êtes-vous ? Je ne parviens pas à vous situer. Vous prenez le commandement, et pourtant, vous n'êtes pas militaire.
— Je possède une certaine expérience, répondit Mr Parker Pyne.
— Vous avez voyagé, hein ?
— Non. J'ai passé ma vie dans un bureau.

Loftus revint avec les chaussettes. Mr Parker Pyne les prit et les examina. *A l'intérieur de l'une d'entre elles, un peu de sable humide adhérait encore.*

Mr Parker Pyne respira à fond.
— A présent, j'ai compris, dit-il.

Tous les regards convergèrent une fois de plus en direction de la silhouette qui semblait arpenter l'horizon.
— Si possible, poursuivit Mr Parker Pyne, je voudrais voir le corps.

En compagnie du médecin, il gagna l'endroit où le cadavre gisait, sous une bâche.

Le médecin dévoila le cadavre.
— Il n'y a rien à voir, dit-il.

Mais les yeux de Mr Parker Pyne étaient fixés sur la cravate de la victime.
— Ainsi, Smethurst était un ancien d'Eton, murmura-t-il.

Loftus parut surpris.

Mais Mr Parker Pyne n'avait pas fini de l'étonner.
— Que savez-vous du petit Williamson ? s'enquit-il.
— Rien du tout. Je l'ai rencontré à Beyrouth. Je venais d'Egypte. Mais pourquoi ? Il n'a sûrement...

— C'est tout de même sur la base de son témoignage que nous allons pendre un homme, n'est-il pas vrai ? ronronna Mr Parker Pyne. Autant se montrer prudent.

La cravate et le faux col de la victime semblaient toujours retenir son attention. Il défit les boutons et ôta le faux col. Puis il manifesta sa satisfaction.

— Vous voyez ça ?

Sur l'arrière du faux col, il y avait une petite tache de sang bien ronde. Il se pencha sur le cou ainsi dénudé.

— Cet homme n'a pas été tué d'un coup sur la tête, docteur, constata-t-il. Il a été poignardé à la base du crâne. La marque est à peine visible.

— Et elle m'a échappé !

— Vous partiez avec une idée préconçue, reconnut aimablement Mr Parker Pyne. Un choc crânien. Ceci peut facilement passer inaperçu. C'est tout juste si l'on voit la blessure. Un coup rapide, avec un petit instrument pointu, et la mort serait instantanée. La victime ne pousserait même pas un cri.

— Pensez-vous à une dague ? Croyez-vous que le général... ?

— Dans l'imagination populaire, les Italiens et les dagues vont de pair... Tiens ! une voiture !

Un véhicule de tourisme venait en effet d'apparaître à l'horizon.

— Ils tombent bien, ceux-là ! s'exclama O'Rourke qui rejoignait les deux hommes. Les femmes vont pouvoir continuer le voyage.

— Et notre meurtrier ? demanda Mr Parker Pyne.

— Vous voulez dire Hensley... ?

— Non, pas Hensley. J'ai désormais la confirmation de son innocence.

— Vous... Mais pourquoi ?

— Eh bien, voyez-vous, il y avait du sable dans sa chaussette.

O'Rourke écarquilla les yeux.

— Je sais, mon garçon, dit Mr Parker Pyne avec indulgence, cela paraît stupide, mais ne l'est pas. On n'a pas frappé Smethurst sur la tête, voyez-vous, on l'a poignardé.

Il resta un instant silencieux avant de reprendre :

— Revenez à la conversation dont je vous ai parlé... la conversation que j'ai eue avec Smethurst au *Palais des Folies Noctambules*. Vous avez relevé l'expression qui vous semblait la plus significative. Mais moi, c'est une autre phrase qui m'a frappé. Quand je lui ai dit que je pratiquais « le coup de la confiance », il m'a répondu « *Quoi ? Vous aussi ?* » Ça ne vous paraît pas très curieux ? Il me semble qu'on ne parle pas de « coup de la confiance » dans le cas de malversations au sein d'une administration. Le « coup de la confiance » s'applique plutôt à un individu tel que Mr Samuel Long, par exemple, qui est en fuite.

Le médecin sursauta.

— Oui, peut-être bien, murmura O'Rourke.

— J'ai dit en plaisantant que ce Mr Long se trouvait peut-être parmi nous. Supposez que ce soit vrai.

— Mais enfin... c'est impossible !

— Pas du tout. Que sait-on des gens, en dehors de leur passeport et de ce qu'ils prétendent être ? Suis-je vraiment Mr Parker Pyne ? Le général Poli est-il réellement un général italien ? Et que dire du côté androgyne de cette miss Pryce l'aînée, qui avait grand besoin de se raser ?

— Mais il... mais Smethurst... ne connaissait pas Long.

— Smethurst est un ancien d'Eton. Long a également fréquenté Eton. Il est possible que Smethurst l'ait connu sans pour autant éprouver le besoin de vous le dire. Il peut l'avoir identifié parmi nous. Et, dans ce cas, que doit-il faire ? Il n'est pas très intelligent et cette question le tourmente. Il décide finalement de se taire jusqu'à Bagdad. Mais, ensuite, il parlera.

— Vous croyez que l'un de nous est Long ? balbutia O'Rourke, toujours médusé. (Il respira à fond.) Alors, c'est sûrement l'Italien... sûrement. Ou alors l'Arménien.

— Se faire passer pour un étranger et obtenir un passeport adéquat est beaucoup plus difficile que demeurer anglais, objecta Mr Parker Pyne.

— Miss Pryce ? couina O'Rourke, incrédule.

— Non, dit Mr Parker Pyne. Notre homme, le *voilà*.

Il posa sur l'épaule de son voisin une main qui eût pu sembler presque amicale. Mais sa voix, elle, n'avait rien d'amical, et l'étreinte de ses doigts s'apparentait à celle d'un étau.

— Le commandant Loftus, ou Mr Samuel Long, peu importe comment vous l'appelez.

— Mais c'est impossible... impossible, bredouilla O'Rourke. Loftus est dans l'armée depuis des années.

— Mais vous ne l'avez jamais rencontré, n'est-ce pas ? Pour vous et vos camarades, c'était un inconnu. Ce n'est pas le *vrai* Loftus, bien entendu.

L'homme discret et grisonnant retrouva la parole.

— Bravo d'avoir deviné. A propos, qu'est-ce qui vous a mis sur la voie ?

— Votre affirmation ridicule selon laquelle un coup sur la tête avait provoqué la mort de Smethurst. O'Rourke vous a suggéré cette idée quand nous discutions hier à Damas. Vous vous êtes dit : c'est tout simple. Vous étiez le seul médecin du groupe : personne ne contesterait vos conclusions. Vous aviez la trousse de Loftus. Vous aviez ses instruments. Il ne vous a pas été difficile de trouver un outil adapté à vos besoins. Vous vous penchez pour bavarder avec lui et, tout en parlant, vous le poignardez avec votre arme improvisée. Vous feignez encore une minute ou deux de discuter avec lui. Il fait noir, dans l'autocar. Qui se méfiera ?

» Ensuite survient la découverte du corps. Vous livrez votre verdict. Mais cela ne se passe pas aussi bien que vous l'espériez. Des doutes apparaissent. Vous vous retranchez alors sur votre deuxième ligne de défense. Williamson rapporte la conversation qu'il a surprise entre Smethurst et vous. On l'attribue à Hensley et vous ajoutez un élément susceptible de l'incriminer, à savoir les fuites dans le service de Hensley. Puis je fais un dernier test. Je mentionne le sable et les chaussettes. Vous avez du sable dans la main. Je vous envoie chercher les chaussettes *afin que nous puissions connaître la vérité*. Mais vous avez mal interprété mes paroles. *J'avais déjà examiné les chaussettes de Hensley*. Il n'y avait pas de sable dedans. C'est vous qui l'y avez mis.

Mr Samuel Long alluma une cigarette.

— J'abandonne, dit-il. Ma chance a tourné. Ma foi, c'était bien tant que ça a duré. Ils étaient sur le point de me rattraper quand je suis arrivé en Egypte. Je suis tombé sur Loftus. Il allait prendre un poste à Bagdad, où il ne connaissait personne. Je ne pouvais pas laisser passer cette occasion. Je l'ai acheté. Cela m'a coûté vingt mille livres. Qu'est-ce que ça représentait, pour moi ? Puis, jouant vraiment de malchance, j'ai rencontré Smethurst... Un crétin comme il n'y en a pas deux ! C'était mon souffre-douleur, à Eton. A cette époque-là, il me vénérait comme un héros. C'est dire que l'idée de me dénoncer ne lui souriait guère. Je me suis démené comme un beau diable et il s'est finalement engagé à ne rien dire avant Bagdad. Mais combien de chances aurais-je encore eu de m'en sortir à ce moment-là ? Plus aucune. Il ne me restait donc qu'un moyen : l'éliminer. Je vous assure bien pourtant que le meurtre n'est pas dans mon caractère. Mes talents se situent dans un tout autre domaine.

Son visage se transforma, se crispa. Il vacilla et bascula en avant.

O'Rourke se pencha sur lui.

— Probablement de l'acide prussique... dans sa cigarette, diagnostiqua Mr Parker Pyne. Le joueur a perdu sa dernière partie.

Il contempla alentour le désert immense. Le soleil était torride. La veille, ils avaient quitté Damas par la Porte de Bagdad.

Ne passe pas sous ma voûte, O Caravane, ou passe sans chanter. N'entends-tu pas ce silence d'oiseaux morts où cependant demeure comme un pépiement ?

9

LA MAISON DE CHIRAZ
(The House at Shiraz)

Il était 6 heures du matin quand Mr Parker Pyne partit pour la Perse après un bref séjour à Bagdad.

La cabine du petit monoplan était de taille réduite et l'étroitesse des sièges ne cadrait guère avec la corpulence de Mr Parker Pyne. Il y avait deux autres passagers : un colosse rougeaud qui, selon l'estimation de Mr Parker Pyne, devait être de nature expansive et une petite femme maigrichonne, aux lèvres pincées et à l'air décidé.

« Heureusement, se dit Mr Parker Pyne, ils ne sont pas du genre à me consulter sur le plan professionnel. »

Ils ne le firent pas. La créature squelettique était une missionnaire américaine, toute de béatitude et de satisfaction du devoir accompli, tandis que le joyeux luron travaillait pour une compagnie pétrolière. L'avion n'avait pas encore décollé qu'ils s'étaient déjà présentés à leur compagnon de voyage.

— Moi, je ne suis qu'un touriste, avait murmuré Mr Parker Pyne, modeste. Je vais à Téhéran, à Ispahan et à Chiraz.

La résonance magique de ces noms exerça sur lui un charme tel, lorsqu'il les prononça, qu'il les répéta tout aussitôt. Téhéran... Ispahan... Chiraz...

Mr Parker Pyne s'abîma dans la contemplation du paysage qu'ils survolaient. Un désert plat, uniforme. Il était sensible au mystère de ces immenses étendues inhabitées.

A Qahremanchahr, l'appareil se posa pour le contrôle des passeports et la douane. On ouvrit l'un des sacs de Mr Parker Pyne. Une petite boîte en carton fit l'objet d'un examen attentif. On posa des questions. Comme Mr Parker Pyne ne parlait ni ne comprenait le persan, l'affaire s'annonçait délicate.

Le pilote vint à la rescousse. C'était un jeune Allemand blond, beau gosse aux yeux d'un bleu profond et au visage boucané.

— Plaît-il ? hasarda-t-il avec amabilité.

Mr Parker Pyne, qui s'était livré, sans grand succès, à une pantomime des plus évocatrices, se tourna vers lui avec soulagement :

— C'est un insecticide contre les punaises, dit-il. Croyez-vous que vous pourrez le leur faire comprendre ?

— Plaît-il ? réitéra le pilote, perplexe.

Mr Parker Pyne répéta son explication en allemand. Le pilote s'épanouit et traduisit la phrase en persan. De graves et compassés, les douaniers se laissèrent aller à pousser un soupir de soulagement. Leurs visages menaçants se déridèrent ; ils sourirent en chœur. L'un d'entre eux s'autorisa même un éclat de rire. Ils trouvèrent l'idée bouffonne.

Les trois passagers regagnèrent l'appareil et le vol reprit. Ils descendirent, au-dessus de Hamadan, pour lâcher les sacs postaux, mais l'avion ne se posa pas. Mr Parker Pyne scruta le sol dans l'espoir d'apercevoir le rocher de Behistun, site pittoresque où Darius expose, en trois langues : babylonien, médique et persan, l'étendue de son empire et de ses conquêtes.

Il était 13 heures quand ils arrivèrent à Téhéran. Il y eut de nouvelles formalités douanières. Le pilote allemand, qui ne s'était pas éloigné, semblait hilare quand Mr Parker Pyne eut fini de répondre à un long interrogatoire qu'il n'avait pas compris.

— Qu'est-ce que j'ai dit ? demanda-t-il à l'Allemand.

— Que votre père se prénomme « Touriste », que votre profession est « Charles », que le nom de jeune fille de votre mère est « Bagdad », et que vous venez de « Harriet ».

— Est-ce que c'est grave ?

— Absolument pas. Tout ce qu'ils veulent, c'est une réponse. Qu'elle ait un sens est le cadet de leurs soucis.

Mr Parker Pyne fut déçu par Téhéran, qui lui parut d'un modernisme affligeant. C'est du moins ce qu'il confia le lendemain soir à Herr Schlagel, le pilote, qu'il rencontra par hasard en regagnant l'hôtel. Impulsif, il l'invita tout aussitôt à dîner, ce que l'Allemand accepta sans se faire prier.

Papillonnant autour d'eux, un serveur géorgien

distribua des ordres en tous sens. Les plats arrivèrent. Lorsqu'ils parvinrent au stade de la *tourte*, pâtisserie du genre gluant à base de chocolat, l'Allemand s'enquit :

— Ainsi, vous allez à Chiraz ?

— Oui, en avion. Ensuite, je reviendrai à Téhéran par la route, en passant par Ispahan. C'est vous qui piloterez l'avion de Chiraz, demain ?

— Ach, non. Je retourne à Bagdad.

— Vous êtes ici depuis longtemps ?

— Trois ans. Notre ligne n'existe que depuis trois ans. Jusqu'ici, nous n'avons pas eu d'accident... *unberufen* ! ajouta-t-il en touchant du bois.

On apporta du café très sucré dans des tasses trapues. Les deux hommes fumèrent.

— Mes premiers passagers étaient deux femmes du monde, se souvint l'Allemand. Deux Anglaises.

— Oui ? fit Mr Parker Pyne.

— La première était une jeune personne de bonne famille, la fille d'un de vos ministres. Sa Seigneu... lady Esther Carr. Elle était belle, très belle, mais folle à lier.

— Folle ?

— Complètement folle. Elle vit ici à Chiraz, dans une grande maison indigène. Elle s'habille à l'orientale. Elle refuse de recevoir les Européens. Est-ce que c'est une existence, pour une fille de bonne famille ?

— Il y a des précédents, dit Mr Parker Pyne. Prenez lady Esther Stanhope, par exemple...

— Oui, mais celle-ci est vraiment folle, affirma l'autre sur un ton sans réplique. Ça se voyait dans ses yeux. Exactement comme dans ceux du commandant de mon sous-marin, pendant la guerre. Lui, aujourd'hui, il est dans un asile.

Mr Parker Pyne réfléchit. Il se souvenait bien de lord Micheldever, le père de lady Esther Carr. Il avait travaillé sous ses ordres à l'époque où ce dernier était ministre de l'Intérieur... Un colosse blond, aux yeux bleus rieurs. Il avait rencontré une fois lady Micheldever, célébrissime et ravissante Irlandaise aux cheveux bruns et aux yeux bleu-violet. Ils étaient l'un et l'autre remarquablement beaux et tout ce qu'il y a de normaux, néanmoins la folie *était* chez les Carr. Elle resurgissait de temps en temps, après avoir sauté une génération. Il est étrange, se dit-il, que Herr Schlagel ait tellement insisté sur ce point.

— Et l'autre femme ? demanda-t-il sur le ton de la conversation.

— L'autre femme... elle est morte.

Quelque chose, dans sa voix, amena Mr Parker Pyne à lever brusquement la tête.

— J'ai un cœur, reprit Herr Schlagel. Des sentiments. Pour moi, il n'y avait jamais eu au monde de femme plus belle que celle-là. Vous savez ce que c'est, ce genre de choses, ça vous tombe dessus d'un seul coup. C'était une fleur... une fleur. (Il eut un long soupir et poursuivit :) Je suis allé les voir, un jour, à leur maison de Chiraz. Lady Esther m'avait invité. Ma petite chérie, ma fleur... elle avait peur. Je m'en suis aperçu tout de suite. Quand j'y suis retourné la fois suivante, j'ai appris en ville qu'elle était morte. Morte.

Il s'interrompit puis conclut, pensif :

— L'autre pourrait bien l'avoir tuée. Elle était folle, je vous assure.

Il soupira et Mr Parker Pyne commanda deux Bénédictine.

— Le curaçao, c'est bon, leur assena le serveur géorgien — et il leur apporta deux curaçaos.

Le lendemain, peu après midi, Mr Parker Pyne découvrit Chiraz. Ils avaient survolé des chaînes de montagnes séparées par des vallées étroites, et des étendues arides, sauvages, desséchées. Puis Chiraz apparut soudain, émeraude au cœur du désert.

Contrairement à Téhéran, Chiraz plut à Mr Parker Pyne. La rusticité de l'hôtel ne l'effraya pas, non plus que la rusticité équivalente des rues. Il arriva en pleine fête persane. La célébration du Nan Ruz avait débuté la veille au soir — période de quinze jours pendant laquelle les Persans fêtent le Nouvel An. Il flâna dans les bazars vides, et en sortit dans les grands prés communaux situés dans la partie nord de la ville. Chiraz tout entière était en fête.

Un jour, à pied, il s'éloigna un peu de la ville. Il était allé voir la tombe du poète Hafiz et, en revenant, vit une maison qui le fascina. Une maison entièrement tapissée de carreaux bleus, roses et jaunes, dans un jardin verdoyant où des bassins le disputaient aux orangers et aux buissons de roses. Une maison de rêve qui lui parut tout droit jaillie d'un rêve.

Ce soir-là, comme il dînait avec le consul d'Angleterre, il l'interrogea.

— Une demeure fascinante, n'est-ce pas ? répliqua ce dernier. Elle a été bâtie par un ancien gouverneur de Luristan, très riche, qui avait su mettre ses fonctions officielles à profit. Elle appartient à présent à une Anglaise. Vous avez sûrement entendu parler d'elle. Lady Esther Carr. Folle à lier. Elle se prend pour une indigène. Refuse tout ce qui vient d'Angleterre.

— Elle est jeune ?

— Oui, trop jeune pour ce genre d'excentricité. Elle a une trentaine d'années.

— Il y avait une autre Anglaise avec elle, n'est-ce pas ? Une femme qui est morte !

— Oui ; il y a à peu près trois ans. C'est arrivé le lendemain même de mon entrée en fonction. Barham, mon prédécesseur, était décédé subitement, vous savez.

— Dans quelles conditions est-elle morte ? demanda carrément Mr Parker Pyne.

— Elle est tombée de cette espèce de terrasse qu'il y a au premier étage. C'était la femme de chambre de lady Esther... ou sa dame de compagnie, je ne sais plus. Quoi qu'il en soit, elle apportait le plateau du petit déjeuner et elle a basculé à la renverse du haut de la terrasse. Désolant ; rien à faire ; crâne fracassé sur les dalles.

— Comment s'appelait-elle ?

— King, je crois ; ou bien Wills ? Non, ça, c'est la missionnaire. Une fille plutôt jolie.

— Lady Esther a-t-elle été affectée ?

— Oui... non, je ne sais pas. Elle était très bizarre ; je n'ai pas pu me faire une opinion sur elle. C'est une créature très... impérieuse. On se rend tout de suite compte que ce n'est pas n'importe qui, si vous voyez ce que je veux dire. Face à ses manières hautaines et ses yeux noirs qui lançaient des éclairs, je n'en menais pas large.

Il eut un rire un peu gêné, puis regarda son invité avec curiosité. De toute évidence, Mr Parker Pyne scrutait le vide. L'allumette qu'il venait de craquer, pour allumer sa cigarette, brûlait dans sa main sans qu'il s'en préoccupe. Lorsque la flamme lui toucha les doigts, il la lâcha avec une exclamation de douleur. Puis il vit l'expression étonnée du consul et sourit.

— Pardonnez-moi, dit-il.
— Vous étiez dans les nuages, n'est-ce pas ?
— Au-dessus, répondit Mr Parker Pyne, énigmatique.

Ils abordèrent d'autres sujets.

Ce soir-là, à la lumière d'une petite lampe à pétrole, Mr Parker Pyne rédigea une lettre. Sa composition lui donna beaucoup de mal. Pourtant elle fut finalement très simple.

Mr Parker Pyne présente ses hommages à lady Esther Carr et la prie de bien vouloir noter, au cas où elle souhaiterait le consulter, qu'il demeurera trois jours encore à l'Hôtel Fars.

Il y joignit une coupure de journal — la célèbre annonce :

— Voilà qui devrait faire l'affaire, marmonna Mr Parker Pyne tout en s'allongeant prudemment sur son lit plutôt inconfortable. Voyons, ajouta-t-il, presque trois ans ; oui, ça devrait marcher.

Le lendemain, vers 4 heures de l'après-midi, la réponse arriva. Elle avait été apportée par un domestique persan qui ne parlait pas anglais.

Lady Esther Carr serait heureuse de recevoir Mr Parker Pyne ce soir, à 21 heures.

Mr Parker Pyne sourit. Ce fut le même domestique qui l'accueillit, ce soir-là. On lui fit traverser le jardin plongé dans l'obscurité, puis gravir un escalier extérieur qui contournait la maison. On ouvrit ensuite une porte et il pénétra sur une terrasse ouverte à la nuit. Il y avait un immense divan contre le mur. Et, allongée sur ce divan, une étonnante créature.

Lady Esther était vêtue à l'orientale et il y avait fort à parier qu'une des raisons de ce choix résidait dans le fait que ce costume convenait à l'opulence de sa beauté. Le consul la trouvait impérieuse, et telle était bien l'impression qu'elle produisait. Son port de tête était hautain et ses sourcils arrogants.

— Vous êtes Mr Parker Pyne ? Asseyez-vous là.

De la main, elle lui désignait un monticule de coussins. A son annulaire brillait une grosse émeraude gravée aux armes de la famille. Mr Parker Pyne se dit que ce bijou, légué de génération en génération, devait valoir une petite fortune.

Il s'installa de bonne grâce, quoique avec quelques difficultés. Pour un homme de sa corpulence, il n'est pas facile de s'asseoir par terre avec élégance.

Un domestique apporta du café. Mr Parker Pyne prit sa tasse et, reconnaissant, but à petites gorgées.

Son hôtesse avait adopté la coutume orientale qui consiste à prendre tout son temps. Elle n'engagea pas immédiatement la conversation. Elle aussi but quelques gorgées de café, les yeux mi-clos. Finalement, elle prit la parole.

— Ainsi, vous venez en aide aux gens malheureux, dit-elle. C'est, du moins, ce que prétend votre annonce.

— Oui.

— Pourquoi me l'avez-vous envoyée ? Profitez-vous de vos voyages pour... arrondir vos fins de mois ?

Il y avait, dans sa voix, une intonation résolument vexante, mais Mr Parker Pyne n'en tint pas compte. Il répondit avec simplicité :

— Non. Mes fins de mois ne me posent pas de problèmes. Quant aux voyages, je les fais d'ordinaire pour oublier mes affaires.

— Alors, pourquoi me l'avoir envoyée ?

— Parce que j'ai des raisons de croire que vous êtes... malheureuse.

Il y eut un instant de silence. Comment allait-elle prendre ça ? Elle s'accorda une minute de réflexion. Puis elle décida d'en rire.

— Sans doute avez-vous cru qu'une femme qui quitte le monde, qui vit, comme je le fais, coupée de sa race, de son pays, agit nécessairement ainsi parce qu'elle est malheureuse ! Le chagrin, l'insatisfaction... Vous pensez que c'est ce genre de chose qui m'a poussée à l'exil ? Mais pourquoi comprendriez-vous ? Là-bas, en Angleterre, j'étais un poisson hors de l'eau. Ici, je suis moi-même. Je suis orientale au fond du cœur. J'aime cet isolement. Vous ne pouvez pas comprendre ça. Pour vous, il faut que je sois... (elle eut une brève hésitation) que je sois folle.

— Vous n'êtes pas folle, dit Mr Parker Pyne.

Le ton de sa voix excluait toute idée de doute. Elle le dévisagea avec curiosité.

— Quoi qu'il en soit, tout le monde raconte que je le suis, j'imagine. Les imbéciles ! Il faut de tout pour faire un monde. Je suis parfaitement heureuse.

— Et pourtant vous m'avez demandé de venir, rétorqua Mr Parker Pyne.

— Je reconnais que j'étais curieuse de faire votre connaissance. (Elle hésita.) En outre, je ne retournerai jamais là-bas... en Angleterre... mais il m'arrive tout de même d'avoir envie de savoir ce qui se passe dans...

— ... dans le monde que vous avez quitté ?

Elle manifesta son assentiment par un hochement de tête.

Mr Parker Pyne prit alors la parole. Sa voix, douce et rassurante, commença paisiblement puis s'anima peu à peu, au fur et à mesure qu'il soulignait un point ou un autre.

Il évoqua Londres, les potins mondains, les célébrités, les nouveaux restaurants, les boîtes de nuit à la page, les champs de courses, les parties de chasse et les scandales aristocratiques. Il parla mode, chic parisien et petites boutiques, dans des rues pas chic pour deux sous, où on peut faire des affaires formidables.

Il mentionna les théâtres, les cinémas, cita les nouveaux films, décrivit les immeubles d'une banlieue verte toute récente ; il parla oignons et jardinage, et termina par une description nostalgique de Londres, le soir, avec les trams, les bus, les foules de gens pressés rentrant chez eux après une journée de travail, les petits intérieurs qui les attendaient, toutes les complexités secrètes de la vie de famille en Angleterre.

Ce fut un numéro remarquable où s'exprimèrent un savoir immense et exceptionnel ainsi qu'une domination intelligente des faits. Lady Esther baissait la tête ; son attitude avait perdu toute arrogance. Pendant quelques instants, ses larmes avaient coulé en silence et, à présent qu'il avait terminé, elle renonça aux faux-semblants et pleura sans se cacher.

Mr Parker Pyne demeurait silencieux. Immobile, il la regardait. Sur son visage était apparue cette expression paisible et satisfaite que l'on a après avoir conduit une expérience et obtenu le résultat escompté.

Elle leva finalement la tête.

— Eh bien, fit-elle avec amertume, vous êtes content ?

— Je crois que oui.

— Comment vais-je supporter cela ? Comment vais-je le supporter ? Ne jamais quitter cet endroit ; ne plus voir personne... jamais ?

Le cri jaillit comme s'il lui avait été arraché. Puis elle se reprit, rougissante :

— Alors, s'enquit-elle avec violence, vous n'allez donc pas faire la remarque évidente ? Vous n'allez donc pas dire : si vous avez tellement envie de rentrer, pourquoi restez-vous ?

— Non.

Mr Parker Pyne secoua la tête.

— Pour vous, poursuivit-il, c'est loin d'être aussi facile que cela.

Pour la première fois, la peur s'insinua dans ses yeux.

— Savez-vous pourquoi je ne peux pas partir ?
— Je crois le savoir.
— Faux. (Elle secoua la tête.) Vous ne devinerez jamais pourquoi je ne peux pas m'en aller.
— Je ne devine pas, répondit Mr Parker Pyne. J'observe... et je classe.

Elle secoua à nouveau la tête.
— Vous ne savez rien du tout.
— Je vois que je vais devoir vous convaincre, dit aimablement Mr Parker Pyne. Lorsque vous êtes venue ici, lady Esther, vous avez naturellement emprunté depuis Bagdad l'avion de la nouvelle compagnie allemande.
— Oui, et alors ?
— Le pilote était un jeune homme, Herr Schlagel, qui vous a ensuite rendu visite ici.
— Oui.

Un « oui » imperceptiblement différent... un « oui » plus doux.
— Vous aviez une amie, ou une dame de compagnie, qui... qui est morte.

Une voix d'acier, à présent... glacée, insultante.
— C'était ma dame de compagnie.
— Elle s'appelait...
— Muriel King.
— Teniez-vous à elle ?
— Tenir à elle ? Qu'entendez-vous par là ?

Elle s'interrompit, se força au calme.
— Elle m'était utile, ajouta-t-elle.

Elle avait dit cela avec un tel dédain que Mr Parker Pyne se rappela les propos du consul : « Ce n'est pas n'importe qui, si vous voyez ce que je veux dire. »
— Sa mort vous a peinée ?
— Je... Bien entendu, voyons ! Mais franchement, Mr Pyne, est-il indispensable de remuer ainsi le passé ?

Sous l'emprise de la colère, elle poursuivit sans attendre la réponse :
— Je vous sais gré d'avoir pris la peine de venir. Mais je suis lasse. Si vous voulez bien me dire combien je vous dois... ?

Mr Parker Pyne ne bougea pas d'un pouce. Nullement offensé, il reprit le cours paisible de ses questions.

— Depuis cette mort, Herr Schlagel n'a jamais pu venir vous voir. Supposez qu'il se présente, le recevriez-vous ?

— Certainement pas.

— Vous lui refuseriez votre porte ?

— Je la lui refuserais. Herr Schlagel ne mettra en aucun cas les pieds ici.

— Cela va de soi, murmura Mr Parker Pyne, songeur. Je n'aurais jamais imaginé que vous puissiez me répondre autre chose.

Une brèche s'ouvrit soudain dans le système défensif de lady Esther. Elle balbutia :

— Je... Je ne comprends pas ce que vous voulez dire.

— Saviez-vous, lady Esther, que Schlagel était tombé amoureux de Muriel King ? C'est un jeune homme sentimental. Aujourd'hui encore, il chérit sa mémoire.

— Vraiment ?

Sa voix n'était plus qu'un souffle.

— Comment était-elle ?

— Que voulez-vous dire ? Je n'en sais rien, moi, comment elle était.

— Vous avez quand même bien dû la regarder de temps en temps, insista doucement Mr Parker Pyne.

— Ah, ça ! C'était une très jolie jeune femme.

— A peu près de votre âge ?

— A peu près.

Il y eut un silence, puis elle demanda :

— Qu'est-ce qui vous fait croire que... que Schlagel l'aimait ?

— Il me l'a avoué. Oui, oui, dans des termes qui ne sauraient prêter à confusion. Je vous le répète, c'est un jeune homme sentimental. Il n'a pas hésité à me faire des confidences. La façon dont elle est morte l'a bouleversé.

Lady Esther se leva d'un bond.

— Vous croyez que je l'ai tuée ?

Mr Parker Pyne ne se leva pas d'un bond. Ce n'était pas son genre.

— Mais non, ma chère petite, répondit-il. Non, je

ne crois pas que vous l'ayez tuée et, ceci étant, il me semble que vous devriez renoncer à cette comédie et rentrer chez vous. Le plus tôt sera le mieux.

— Cette comédie ? Quelle comédie ?

— La vérité est que vous avez perdu votre sang-froid. Oui, c'est cela. Vous avez complètement perdu votre sang-froid. Vous avez cru qu'on vous accuserait d'avoir tué votre employeuse.

La jeune femme eut un mouvement brusque. Mr Parker Pyne poursuivit :

— Vous n'êtes pas lady Esther Carr. Je le savais avant de venir, mais je vous ai mise à l'épreuve afin de m'en assurer.

Son sourire naquit sur ses lèvres, narquois et bienveillant.

— Pendant mon petit monologue, tout à l'heure, poursuivit-il, je vous ai observée. Et c'est systématiquement *Muriel King* qui a réagi, pas Esther Carr. Les boutiques bon marché, les cinémas, les nouvelles banlieues vertes, les trajets en bus ou en tram..., tout cela a suscité des réactions chez vous. Les potins mondains, les nouvelles boîtes de nuit, les histoires de champs de courses ou de haute couture en revanche vous laissaient de marbre.

Sa voix se fit encore plus persuasive et paternelle.

— Asseyez-vous et racontez-moi tout. Vous n'avez pas tué lady Esther mais vous avez cru que l'on pourrait vous accuser de l'avoir fait. Dites-moi simplement comment tout cela est arrivé.

Elle respira à fond ; puis elle reprit place sur le divan et se mit à parler. Les mots se bousculèrent, jaillirent par saccades.

— Il faut que je commence... par le commencement. Elle... elle me faisait peur. Elle était folle... pas complètement folle... juste un peu. Elle m'a amenée ici avec elle. Comme une idiote, j'étais ravie ; je trouvais cela très romanesque. Pauvre idiote. C'est ça que j'étais, une pauvre idiote. Le prélude à l'affaire, c'est une aventure qu'elle a tenté d'avoir avec son chauffeur. Les hommes, il les lui fallait tous, elle ne pouvait pas s'en passer. Celui-là n'a rien voulu savoir. Il l'a envoyée promener et l'histoire a fait le tour de Londres. Ses amis l'ont appris et en ont fait des gorges chaudes. Elle a alors décidé de rompre avec sa famille et de venir ici.

» La solitude du désert, les mirages de l'Orient... Ce n'était en fait qu'une façon comme une autre de sauver la face. Ce qu'elle avait en tête, c'était de rester ici un moment, le temps qu'on oublie ses mésaventures, et puis de rentrer. Mais elle est devenue de plus en plus bizarre. Et puis il y a eu le pilote. Elle... elle s'est toquée de lui. Quand il est venu me voir, elle a cru... Enfin, vous voyez ce que je veux dire... Mais il lui a sans doute fait clairement comprendre que...

» Du coup, elle s'en est prise à moi. Elle s'est montrée horrible, effrayante. Elle s'est mise à dire que je ne rentrerais jamais en Angleterre, que j'étais sous sa coupe, que je n'étais qu'une esclave — une esclave, textuellement. Qu'elle possédait sur moi droit de vie et de mort.

Mr Parker Pyne hocha la tête. Il comprenait tout, maintenant. Il « voyait » l'évolution de la situation : lady Esther, qui perdait peu à peu la tête, comme d'autres membres de sa famille avant elle, et la jeune fille, effrayée, ignorante, perdue en terre étrangère et qui croyait tout ce qu'on lui disait.

— Mais un jour il y a eu comme un déclic. Je me suis défendue. Je lui ai dit que, s'il fallait en arriver à cette extrémité, j'étais plus forte qu'elle. Je lui ai dit que je la jetterais sur les dalles, en bas. Elle a eu peur, vraiment peur. Jusque-là, elle m'avait toujours considérée comme une sorte de ver de terre qu'elle pouvait écraser sous son pied. J'ai fait un pas dans sa direction... je ne sais pas ce qu'elle a cru que j'avais l'intention de faire. Elle a reculé, reculé... et puis elle a basculé dans le vide.

Muriel King se cacha le visage dans les mains

— Et ensuite ? insista affectueusement Mr Parker Pyne.

— J'ai perdu la tête. J'ai cru qu'on m'accuserait de l'avoir poussée. J'ai cru que personne ne m'écouterait. J'ai cru qu'on me jetterait dans une des horribles prisons de ce pays.

Ses lèvres tremblaient. Mr Parker Pyne put mesurer l'intensité de la peur irrationnelle qui s'était alors emparée d'elle.

— Et puis cette idée m'a traversé l'esprit, poursuivit-elle. Si c'était à *moi* que l'accident était arrivé ! Un nouveau consul britannique, qui ne nous connaissait ni l'une ni l'autre, venait de succéder à son collègue décédé.

» Les domestiques, j'ai pensé que je pouvais en faire mon affaire. Pour eux, qu'étions-nous ? Deux étrangères cinglées. L'une mourait, l'autre prenait tout simplement sa place. Je leur ai donné de l'argent et leur ai demandé d'aller chercher le consul britannique. Il est venu et je me suis fait passer pour lady Esther. J'avais sa bague au doigt. Il a été très gentil et s'est occupé de tout. Apparemment, personne n'a eu le moindre soupçon.

Songeur, Mr Parker Pyne hocha la tête. Ce que c'est que le prestige d'un nom célèbre. Lady Esther Carr, même folle à lier, n'en demeurait pas moins lady Esther Carr.

— Mais plus tard, poursuivit Muriel, j'ai regretté. Je me suis aperçue que j'avais été folle moi aussi. J'étais condamnée à rester ici et à jouer le rôle. Je ne voyais plus d'issue. Désormais, avouer la vérité ne ferait que renforcer l'impression que je l'avais tuée. Oh ! Mr Pyne, quelle conduite adopter ? Quelle conduite adopter ?

Mr Parker Pyne se leva aussi énergiquement que le lui permettait sa corpulence.

— Ma chère petite, vous allez m'accompagner chez le consul, qui est un homme très aimable et compréhensif. Oh, bien sûr, il faudra en passer par quelques formalités désagréables. Je ne vous promets pas que ça ira tout seul, mais on ne vous pendra pas pour meurtre. A propos, pourquoi a-t-on trouvé le plateau du petit déjeuner près du corps ?

— Je l'ai jeté en bas. Je... j'ai pensé que l'on croirait plus facilement que c'était moi s'il y avait le plateau. Etait-ce stupide ?

— Non, c'était une idée plutôt intelligente, admit Mr Parker Pyne. En fait, c'est l'élément qui m'a amené à envisager la possibilité que vous aviez peut-être assassiné lady Esther... enfin, jusqu'au moment où je vous ai rencontrée. Quand je vous ai vue, j'ai compris que, même si vous êtes sans doute capable de bien des choses, vous ne pourriez pas tuer.

— Parce que je n'en aurais pas le courage, selon vous ?

— Vos réflexes ne fonctionneraient pas de cette façon, répondit Mr Parker Pyne avec un sourire. Alors... est-ce que nous y allons ? Vous allez avoir de sales moments à affronter, mais je vous aiderai. Et ensuite... en route pour Streatham Hill... C'est bien Streatham Hill, n'est-ce pas ?... Oui, j'en étais pratiquement sûr. J'ai vu votre visage se crisper quand j'ai mentionné le numéro de la ligne de bus qui y mène. Alors, ma chère, vous venez ?

Muriel King hésita.

— Jamais on ne me croira, dit-elle nerveusement. Ni sa famille ni tous ces gens. Personne ne voudra admettre que ça s'est passé comme ça.

— Laissez-moi faire, répondit Mr Parker Pyne. L'histoire de cette famille ne m'est pas inconnue, voyez-vous. Venez, mon enfant, cessez de jouer les lâches. N'oubliez pas qu'il y a, à Téhéran, un jeune homme au cœur brisé. Il faudra que nous nous arrangions pour que, quand vous regagnerez Bagdad, ce soit à bord de son avion.

La jeune femme sourit, puis rougit.

— Je suis prête, dit-elle simplement.

Comme elle se dirigeait vers la porte, elle se retourna :

— Vous avez dit que vous saviez que je n'étais pas lady Esther Carr avant même de m'avoir vue. Comment cela est-il possible ?

— La statistique, répondit Mr Parker Pyne.

— La statistique ?

— Oui. Lord et lady Micheldever avaient l'un et l'autre les yeux bleus. Quand le consul a indiqué que leur fille avait des yeux *noirs* qui lançaient des éclairs, j'ai compris que quelque chose clochait. Deux individus aux yeux noirs peuvent avoir un enfant aux yeux bleus, mais pas l'inverse. C'est un fait scientifique, je vous le garantis.

— Je vous trouve merveilleux ! dit Muriel King.

10

LA PERLE DE GRAND PRIX
(The Pearl of Price)

La journée avait été longue et épuisante. Le groupe avait quitté Amman en début de matinée par une température de trente-cinq à l'ombre et n'avait rallié sa destination finale qu'à la tombée de la nuit. Le camp de base était situé au cœur de cette cité aux extravagants et fantasmagoriques rochers rouges qu'est Pétra.

Ils étaient sept. Mr Caleb P. Blundell, magnat américain adipeux et prospère. Son secrétaire, brun et séduisant quoiqu'un peu taciturne, Jim Hurst. Sir Donald Marvel, jeune gandin britannique, membre du Parlement et du style politicien harassé. Le Pr Carver, archéologue d'âge canonique et de renommée mondiale. Un permissionnaire français, le sémillant colonel Dubosc. Un certain Mr Parker Pyne, de profession mal définie mais qui respirait les plus nobles vertus britanniques. Et enfin miss Carol Blundell, jolie, gâtée et d'autant plus sûre d'elle-même qu'elle était la seule femme parmi une demi-douzaine d'hommes.

Ils dînèrent dans la tente principale après avoir choisi les tentes ou les grottes où ils dormiraient. Ils discutèrent de la situation politique au Proche-Orient — l'Anglais avec prudence, le Français avec retenue, l'Américain assez stupidement, l'archéologue et Mr Parker Pyne pas du tout. L'un et l'autre semblaient préférer écouter. Jim Hurst fit de même.

Puis ils évoquèrent la ville qu'ils venaient visiter.

— C'est d'un romanesque insensé ! pépia Carol. Imaginer que ces... comment ça, déjà ?... ces Nabatéens vivaient ici il y a tout ce temps, presque avant le commencement du monde !

— N'exagérons rien, tempéra Mr Parker Pyne. Pas vrai, professeur Carver ?

— Oh ! c'est l'affaire de deux malheureux millénaires, et si les gangsters sont romanesques, les Nabatéens le sont sans doute aussi. C'était une bande de richissimes canailles qui forçaient les voyageurs à emprunter les itinéraires de caravanes qu'ils contrôlaient et veillaient à ce que tous les autres soient dangereux. C'est à Pétra qu'ils entreposaient le produit de leur racket.

— Selon vous ce n'étaient donc que des bandits de grand chemin ? demanda Carol. De vulgaires voleurs ?

— « Voleurs » est un mot moins romanesque, miss Blundell.. Voleur s'applique à la petite délinquance. « Bandit de grand chemin » évoque une entreprise à bien plus grande échelle.

— Comment donc qualifier l'homme d'affaires moderne ? hasarda Mr Parker Pyne, l'œil plein de malice.

— Ça, c'est pour toi, papa ! dit Carol.

— Un homme qui gagne de l'argent est un bienfaiteur de l'humanité, déclara Mr Blundell avec componction.

— L'humanité, murmura Mr Parker Pyne, est d'une regrettable ingratitude !

— Qu'est-ce que l'honnêteté ? intervint le Français. Ce n'est, à tout prendre, qu'une *nuance*, une convention. A pays donné morale différente. Un Arabe n'a pas honte de voler. Il n'a pas honte de mentir. De son point de vue, c'est *qui* il vole et *à qui* il ment qui compte.

— C'est une façon de voir les choses, admit Carver.

— Ce qui montre bien la supériorité de l'Occident sur l'Orient, décréta Blundell. Quand ces malheureux seront éduqués...

Sir Donald, languide, se mêla à la conversation :

— L'éducation, c'est de la frime, vous savez. On apprend aux gens des tas de choses inutiles. Et si vous voulez mon avis, rien ne peut modifier ce qu'on est.

— Je vous demande pardon ?

— Eh bien, ce que je veux dire, par exemple, c'est « voleur un jour, voleur toujours ».

Cette remarque fut suivie d'un silence de mort. Puis Carol se mit à parler nerveusement des moustiques, et son père abonda sur le même sujet.

Sir Donald, quelque peu troublé, souffla à son voisin, Mr Parker Pyne :

— On dirait que j'ai gaffé, non ?
— Curieux, commenta Mr Parker Pyne.

S'il y avait bien eu quelques instants d'embarras, une personne au moins ne s'en était pas rendu compte. L'archéologue était resté silencieux, l'œil fixe et rêveur. Lorsqu'il y eut une pause dans la conversation, il prit la parole avec soudaineté et brusquerie :

— Je suis d'accord avec ça... même si je me place d'un point de vue tout à fait opposé. Un homme est fondamentalement honnête ou ne l'est pas. On ne peut pas sortir de là.

— Vous ne croyez pas qu'une tentation imprévue, par exemple, puisse transformer un honnête homme en criminel ? s'enquit Mr Parker Pyne.

— Impossible ! trancha Carver.

Mr Parker Pyne secoua la tête avec indulgence.

— Rien ne me ferait jamais affirmer qu'une chose est impossible. Voyez-vous, il faut prendre de nombreux facteurs en considération. Vous avez, par exemple, le point de rupture, pour ne citer que lui.

— Qu'entendez-vous par point de rupture ? demanda le jeune Hurst, prenant la parole pour la première fois.

Il avait une voix grave, plutôt plaisante.

— L'intensité des pressions que le cerveau peut supporter est limitée. L'élément qui déclenche la crise — qui transforme un honnête homme en malfrat — est parfois quantité négligeable. C'est pourquoi presque tous les crimes sont absurdes. Neuf fois sur dix, la cause en est cet infime excès de pression — la goutte d'eau qui fait déborder le vase.

— Vous parlez là en psychologue, mon bon ami, dit le Français.

— Si un criminel était psychologue, quel criminel ce pourrait être ! dit Mr Parker Pyne. (Sa voix s'attarda amoureusement sur cette idée.) Quand on pense, reprit-il, que, sur dix personnes que l'on rencontre, neuf au moins pourraient être persuadées de faire ce que l'on souhaite leur faire faire par simple application du stimulus adapté !

— Oh ! expliquez-nous ça ! s'écria Carol.
— Il y a le craintif. Criez très fort et il obéit. Il y a le raisonneur. Poussez-le dans la direction opposée à celle où vous voulez le faire aller. Puis il y a l'influençable, le plus fréquent. C'est l'individu qui a *vu* une voiture quand il a entendu un klaxon ; qui *voit* le facteur parce qu'il entend le bruit de la boîte aux lettres ; qui *voit* la lame dans une plaie parce qu'on lui *dit* qu'un homme a été poignardé ; ou bien qui aura *entendu* la détonation si on lui apprend que quelqu'un a été abattu.
— Ce genre de truc ne prendrait pas avec moi, affirma Carol incrédule.
— Tu es trop intelligente pour ça, ma chérie, roucoula son père.
— C'est exact, ce que vous dites là, fit le Français, songeur. L'idée préconçue, qui abuse les sens.
Carol bâilla :
— Je vais dans ma grotte. Je suis morte de fatigue. Abbas Effendi prétend qu'il va falloir partir tôt demain matin. Il va nous conduire au Sommet du Sacrifice — qu'est-ce que ça peut bien être ?
— C'est l'endroit où les autochtones sacrifient les plus belles de leurs jeunes vierges, gloussa sir Donald.
— Pitié, très peu pour moi ! Eh bien, bonne nuit, tout le monde. Oh ! ma boucle d'oreille est tombée.
Le colonel Dubosc la ramassa sur la table où elle avait roulé, et la lui rendit.
— Elles sont vraies ? demanda tout à trac sir Donald.
Discourtois pour un temps, il fixait les deux grosses perles qu'elle avait aux oreilles.
— Tout ce qu'il y a de vraies, se rengorgea Carol.
— Elles m'ont coûté quatre-vingt mille dollars ! trémola son père. Et elle les visse si mal qu'elles se décrochent et roulent sur les tables. Tu veux me ruiner, ma cocotte ?
— Je suis prête à parier que, même si tu devais m'en acheter une autre paire, ça ne te ruinerait pas, le câlina Carol.
— Et moi, je parie que tu as raison ! s'épanouit son père en jetant alentour un regard de triomphe.

Je pourrais t'en payer trois paires sans que ça se remarque sur mon compte en banque.

— Grand bien vous fasse ! ironisa sir Donald.

— Sur ce, messieurs, je crois que je vais aller me coucher moi aussi, décréta Blundell. Bonne nuit.

Le jeune Hurst partit sur ses talons.

Les quatre autres échangèrent un sourire, comme s'ils partageaient la même idée.

— Eh bien, marmonna le jeune sir Donald avec un air revendicatif, vous me voyez fort aise de savoir que c'est l'argent qui lui manque le moins. Cochon de parvenu ! s'emporta-t-il enfin.

— Ils ont trop d'argent, ces Américains, maugréa Dubosc.

— Il est rare, dit Mr Parker Pyne, que le riche soit apprécié du pauvre.

Dubosc éclata de rire.

— Jalousie et malveillance ? suggéra-t-il. Vous avez raison, très cher monsieur. Nous avons tous envie d'être riches, de pouvoir acheter des perles — qu'elles soient montées en boucles d'oreilles ou pas — à la douzaine. Tous. Sauf, peut-être, ce monsieur.

Il s'inclina en direction du Pr Carver qui, comme il en avait apparemment l'habitude, était à nouveau dans la lune. Il tripotait un petit objet qu'il avait dans la main.

— Hein ? fit-il, tiré de sa rêverie. Non, je dois reconnaître que je n'ai pas de penchant particulier pour les grosses perles. L'argent, c'est toujours utile, bien entendu. (Le ton de sa voix ne laissait guère de doute sur la place qui lui revenait.) Mais regardez ceci, poursuivit-il. Voilà qui est cent fois plus intéressant que des perles.

— Qu'est-ce que c'est ?

— Un sceau cylindrique en hématite brune, sur lequel est gravée une scène de présentation : un dieu conduisant un suppliant devant un dieu plus puissant. Le suppliant apporte un chevreau en offrande tandis qu'un valet écarte les mouches du trône de l'auguste dieu en agitant une palme. L'inscription, bien conservée, indique que l'homme est un serviteur de Hammurabi, si bien qu'elle doit dater de quatre mille ans.

Il sortit un pain de pâte à modeler de sa poche et en étala une partie sur la table, puis il passa un peu de vaseline dessus et y fit rouler le sceau en appuyant légèrement. Ensuite, avec un canif, il détacha le carré de pâte à modeler et le souleva doucement.

— Vous voyez ? dit-il.

La scène qu'il avait décrite leur fut révélée dans la pâte à modeler, nette et précise.

Pendant quelques instants, ils demeurèrent sous le charme du passé. Puis la voix peu musicale de Mr Blundell s'éleva au-dehors.

— Hé, les négros ! Sortez mes bagages de cette saleté de grotte et mettez-les sous une tente ! Les boit-sans-soif sont en train de me pomper le sang jusqu'à l'os ! Je ne vais pas pouvoir fermer l'œil.

— Les « boit-sans-soif » ? s'enquit sir Donald, le sourcil levé.

— Sans doute des simulies, hasarda le Pr Calver. Vulgairement des moustiques.

— Les « boit-sans-soif » me plaisent bien, fit Mr Parker Pyne. C'est quand même beaucoup plus évocateur.

Le groupe partit de bonne heure, le lendemain matin, après que la palette de couleurs des rochers eut suscité les habituels commentaires enthousiastes. La cité « rose et rouge » est effectivement une extravagante fantasmagorie conçue par la Nature en veine de coloriage. Ils progressaient lentement, freinés qu'ils étaient dans leur marche par le Pr Carver. Ce dernier, les yeux rivés au sol, s'arrêtait de-ci de-là pour ramasser de menus débris.

— Un archéologue ne peut jamais cacher qu'il est archéologue, commenta le colonel Dubosc, l'œil pétillant de malice. Il ne regarde jamais le ciel, ni les montagnes, ni les merveilles de la nature. Il marche le nez au sol, toujours en train de chercher quelque chose par terre.

— Oui, mais pourquoi diable ? demanda Carol. Qu'est-ce que vous ramassez, professeur Carver ?

Avec un sourire léger, l'archéologue montra quelques fragments de poterie maculés de boue.
— Mais c'est tout juste bon pour la poubelle ! se récria Carol, dédaigneuse.
— La poterie est bien plus fascinante que l'or, rétorqua le Pr Carver.
Carol accueillit cette profession de foi avec une moue dubitative.
Le chemin tourna soudain en épingle à cheveux et ils passèrent devant deux ou trois tombes taillées dans la roche. Bientôt, l'ascension se fit plus rude. Les accompagnateurs bédouins prirent les devants, gravissant les pentes avec indifférence, sans un regard pour le précipice qu'ils longeaient.
Carol était plutôt pâle. Un bédouin se pencha et lui tendit la main. Hurst les dépassa d'un bond et tendit sa canne en guise de parapet du côté du gouffre. Elle le remercia d'un regard et, une minute plus tard, hors de danger, s'arrêta pour souffler sur un sentier rocheux plus large. Les autres suivaient à pas comptés. Le soleil était haut à présent, et la chaleur commençait à se faire sentir.
Finalement, ils débouchèrent sur un vaste plateau situé presque au sommet. Il ne leur restait plus qu'une grimpette facile pour escalader une sorte de bloc rocheux cubique. Blundell indiqua au guide que le groupe monterait seul. Les bédouins s'adossèrent confortablement au rocher et se mirent à fumer. Quelques minutes plus tard, les autres avaient atteint le sommet.
C'était un endroit étrange et dénudé. La vue, merveilleuse, embrassait la vallée tant en amont qu'en aval. Ils se trouvaient désormais sur un sol de roche lisse où des cuvettes étaient creusées au pied de ce qui ne pouvait être qu'un autel sacrificiel.
— C'est vraiment l'endroit i-dé-al pour les sacrifices ! s'extasia Carol. Mais bon sang, ils devaient avoir un mal de chien pour faire grimper les victimes jusqu'ici.
— A l'origine, il y avait une sorte de route en lacet, expliqua le Pr Carver. Nous en verrons des vestiges en descendant par l'autre versant.
Ils échangèrent leurs impressions et bavardèrent

encore quelques instants. Puis on entend un faible tintement et le Pr Carver s'exclama :

— Je crois que votre boucle d'oreille est encore tombée, miss Blundell.

Carol porta vivement la main à son oreille.

— C'est ma foi vrai.

Dubosc et Hurst se mirent à chercher.

— Elle ne doit pas être bien loin, dit le Français. Elle n'a pas pu rouler dans un coin, vu qu'il n'y a pas de coin où rouler. Cet endroit est plat comme la main.

— Elle n'a pas pu rouler dans une anfractuosité ? s'enquit Carol.

— Il n'y a pas l'ombre d'une anfractuosité, fit remarquer Mr Parker Pyne. Voyez vous-même. Le sol est parfaitement lisse. Ah ! vous avez trouvé quelque chose, colonel ?

— Rien qu'un petit caillou, sourit Dubosc en le jetant au loin.

Peu à peu, une atmosphère nouvelle — une atmosphère tendue — se mit à planer sur les recherches. Personne ne les prononça mais les mots « quatre-vingt mille dollars » étaient présents dans tous les esprits.

— Tu es sûre que tu l'avais en arrivant ici, Carol ? aboya son père. Tu l'as peut-être perdue en montant.

— Je l'avais quand nous sommes arrivés sur le plateau, répondit Carol. J'en suis sûre parce que le Pr Carver m'a fait remarquer qu'elle était desserrée et l'a revissée. C'est bien ça, n'est-ce pas, professeur ?

Le Pr Carver acquiesça. Et ce fut sir Donald qui dit alors tout haut ce que tout le monde pensait tout bas :

— C'est une affaire très embêtante, Mr Blundell. Vous avez mentionné hier soir la valeur de ces boucles d'oreilles. Une seule d'entre elles vaut une petite fortune. Si on ne la retrouve pas, comme cela semble probable, chacun d'entre nous se verra plus ou moins soupçonné.

— En ce qui me concerne, je demande à être fouillé, intervint le colonel Dubosc. Je ne le demande d'ailleurs pas, je me sens en droit de l'exiger.

— Fouillez-moi aussi, dit Hurst, la voix rauque.

— Est-ce que tout le monde est d'accord ? demanda sir Donald en jetant un regard circulaire.
— Bien entendu, acquiesça Mr Parker Pyne.
— Excellente idée, décréta le Pr Carver.
— J'en serai aussi, messieurs, dit Mr Blundell. J'ai mes raisons, que je ne souhaite cependant pas exposer ici.
— Comme vous voudrez, cela va de soi, Mr Blundell, dit sir Donald sur le ton de la plus exquise courtoisie.
— Carol, ma chérie, veux-tu bien descendre et attendre avec les guides ?

Sans un mot, la jeune fille s'en fut, le visage morne et décomposé. Il y avait dans ses yeux une expression d'absolu désespoir qui attira l'attention d'au moins une personne. Laquelle personne se demanda ce que tout cela pouvait bien signifier au juste.

On procéda à la fouille. Elle fut complète, sans concession — totalement infructueuse. Elle n'apporta qu'une certitude : personne n'avait sur soi la boucle d'oreille. Et ce fut une petite troupe morose qui négocia la descente puis écouta d'une oreille distraite la foule d'anecdotes et de renseignements que débita le guide.

Mr Parker Pyne achevait tout juste de s'habiller pour le déjeuner quand une silhouette apparut sur le seuil de sa tente.

— Puis-je entrer, Mr Pyne ?
— Bien sûr, ma chère petite, bien sûr.

Carol se laissa tomber sur le lit de camp. Ses yeux exprimaient le même absolu désespoir qu'il y avait lu un moment plus tôt.

— Vous prétendez réparer les dégâts quand les gens sont malheureux, n'est-ce pas ? s'enquit-elle.
— Je suis en vacances, miss Blundell. Je ne me charge d'aucune affaire.
— Vous vous chargerez quand même de celle-ci, décréta la jeune fille, impavide. Je vous jure, Mr Pyne, que personne ne peut être plus malheureux que je le suis.
— Qu'est-ce qui vous tourmente ? demanda-t-il. Cette histoire de boucle d'oreille ?
— Bravo. Vous avez tapé dans le mille. Jim Hurst

ne l'a pas volée, Mr Pyne. J'en mettrais ma main au feu.

— J'avoue que je ne vous suis pas, miss Blundell. Pourquoi supposerait-on qu'il a fait le coup ?

— A cause de son passé. Jim Hurst a été voleur, autrefois. C'est à la maison qu'il a été pris la main dans le sac. J'ai... j'ai eu pitié de lui. Il était si jeune, si désemparé, si...

« Si beau garçon », songea Mr Pyne.

— J'ai réussi à convaincre papa de lui accorder une chance de se racheter. Papa me passe tous mes caprices. Il a donc donné sa chance à Jim, et Jim s'est racheté. Papa en est arrivé à se reposer sur lui et à le mettre dans le secret de ses affaires. Et, au bout du compte, si rien ne s'était passé, il aurait fini par céder.

— Quand vous employez « céder », vous voulez dire... ?

— Je veux dire que je souhaite épouser Jim et qu'il veut se marier avec moi.

— Et sir Donald ?

— Sir Donald, c'est le choix de papa. Pas le mien. Croyez-vous que j'aie envie d'épouser cette espèce de poisson froid ?

Sans exprimer son point de vue sur cette description du jeune Anglais, Mr Parker Pyne s'enquit :

— Et quelle est la position de sir Donald ?

— A mon avis, il compte sur moi pour redorer son blason, grinça Carol.

Mr Parker Pyne prit la mesure de la situation.

— Il faudrait que vous précisiez deux choses, dit-il. Hier soir, quelqu'un a fait remarquer que « voleur un jour, voleur toujours ». (La jeune fille acquiesça.) Je comprends à présent l'embarras que cette remarque a semblé provoquer.

— Oui, c'était gênant pour Jim, et aussi pour papa et moi. J'ai eu si peur que Jim ne se trahisse que j'ai aussitôt foncé dans le premier sujet de conversation qui m'a traversé l'esprit.

Mr Parker Pyne hocha la tête d'un air pensif. Puis il demanda :

— Pourquoi diable votre père a-t-il insisté pour qu'on le fouille ?

— Vous n'avez pas pigé ? Moi, si. Papa s'est dit que je risquais de croire que c'était un coup monté contre Jim. Il veut que j'épouse l'Anglais, vu ? C'est une idée fixe. Alors il s'est dit qu'il valait mieux me prouver qu'il n'avait pas joué un tour de cochon à Jim.

— Seigneur ! fit Mr Parker Pyne. La situation s'éclaire de minute en minute. La situation générale, s'entend. Mais pour ce qui est du problème qui nous préoccupe, nous ne sommes guère avancés.

— Vous n'allez quand même pas passer la main ? Me laisser tomber ?

— Non, non. (Il resta quelques instants silencieux, puis reprit :) Que voulez-vous au juste que je fasse, miss Carol ?

— Prouvez que ce n'est pas Jim qui a pris la perle.

— Et à supposer — pardonnez-moi — qu'il l'ait fait ?

— Si vous croyez ça, vous vous fourrerez le doigt dans l'œil. A fond.

— Oui, mais avez-vous sérieusement réfléchi au problème ? Ne croyez-vous pas que la perle ait pu soudainement susciter la convoitise de Mr Hurst ? Sa vente lui rapporterait gros, ce qui lui permettrait de spéculer et — qui sait ? — de gagner son indépendance financière et de pouvoir ainsi vous épouser, avec ou sans le consentement de votre père.

— Jim n'a pas fait ça, décréta simplement la jeune fille.

Cette fois, Mr Parker Pyne ne contesta pas son affirmation.

— Bon, maugréa-t-il, je vais tâcher de tirer l'affaire au clair.

Elle lui adressa un bref signe de tête et sortit de la tente. Mr Parker Pyne se laissa tomber à son tour sur le lit de camp. Et il s'abîma dans la réflexion. Bientôt, il partit d'un rire étouffé.

— Tu as vraiment le cerveau qui ramollit ! se morigéna-t-il à voix haute.

Au déjeuner, il se montra gai comme un pinson.

L'après-midi passa paisiblement. Presque tout le monde fit la sieste. Lorsque Mr Parker Pyne pénétra dans la tente principale à 4 heures et quart, seul le

Pr Carver s'y trouvait. Il examinait les fragments de poterie.

— Ah ! fit Mr Parker Pyne, tirant une chaise près de la table. Justement l'homme que je cherchais. Pouvez-vous me prêter le morceau de pâte à modeler que vous avez sur vous ?

Le professeur fouilla dans ses poches et en sortit un pain de pâte qu'il tendit à Mr Parker Pyne.

— Non, dit Mr Parker Pyne, le refusant d'un geste, ce n'est pas celui-là que je veux. Je veux le morceau que vous aviez hier soir. A vrai dire, ce n'est pas tant la pâte à modeler qui m'intéresse. C'est ce qu'il y a dedans.

Il y eut un silence, puis le Pr Carver décréta :

— Je crains de ne pas comprendre.

— Je crois au contraire que vous comprenez très bien, rétorqua Mr Parker Pyne. Je veux la boucle d'oreille de miss Blundell.

Il y eut un nouveau silence, interminable cette fois. En fin de compte, Carver glissa la main dans sa poche et en extirpa une boule de pâte à modeler informe.

— Très futé de votre part, reconnut-il bien volontiers, le visage impassible.

— Je voudrais que vous m'expliquiez, dit Mr Parker Pyne.

Ses doigts ne restèrent pas inactifs. Avec un grognement de satisfaction, il sortit de la pâte à modeler une boucle d'oreille quelque peu barbouillée.

— Simple curiosité, je sais, ajouta-t-il sur un ton conciliant. Mais j'aimerais entendre votre version.

— Je vous expliquerai, répondit Carver, si vous me dites ce qui vous a conduit jusqu'à moi. Car vous n'avez rien vu, n'est-ce pas ?

Mr Parker Pyne secoua la tête.

— Je me suis contenté de réfléchir au problème, dit-il.

— En fait, ça n'a d'abord été qu'un simple accident, commença Carver. Je suis resté derrière vous pendant toute la matinée, et c'est par hasard que j'ai vu cette perle, par terre, devant moi. Elle avait dû se détacher de l'oreille de la jeune fille et tomber un instant plus tôt. Elle ne s'en était pas aperçue. Les autres non plus. Je l'ai ramassée et fourrée dans ma poche, me proposant de la lui rendre dès que je l'aurais rattrapée. Seulement ça m'est sorti de la tête.

» Et puis tout d'un coup, au beau milieu de l'ascension, je me suis mis à réfléchir. Pour cette écervelée, le bijou ne représentait rien. Son père lui en achèterait un autre sans que ses finances aient réellement à en pâtir. Pour moi, c'était tout autre chose. La vente de cette perle permettrait le financement d'une expédition.

Son visage impassible frémit soudain et s'anima.

— Savez-vous à quel point il est difficile, aujourd'hui, de réunir des fonds pour entreprendre des fouilles ? Non, vous ne savez pas. La vente de cette perle simplifierait tout. Il y a un site que j'ai envie de fouiller... au Baloutchistan. Il y a là tout un chapitre du passé dont on ne sait pratiquement rien...

» Ce que vous avez dit hier soir m'a traversé l'esprit... à propos du témoin influençable. A mon avis, la jeune fille appartenait à cette catégorie. Quand nous sommes arrivés au sommet, je lui ai dit que sa boucle d'oreille était desserrée. J'ai feint de la revisser. En réalité, je me suis contenté de passer la pointe d'un crayon sur le lobe de son oreille. Quelques minutes plus tard, j'ai laissé tomber un petit caillou. Elle a été aussitôt prête à jurer que c'était sa boucle d'oreille qui venait de tomber. Pendant ce temps, j'ai enfoncé la perle dans la boule de pâte à modeler que j'avais dans ma poche. Voilà mon histoire. Pas très glorieux. Maintenant, à votre tour.

— Je n'ai pas grand-chose à raconter, dit Mr Parker Pyne. Vous étiez le seul à avoir ramassé des objets par terre — c'est ce qui m'a fait penser à vous. Et la présence de ce petit caillou en un endroit pareil était significative. Elle suggérait la façon dont vous vous y étiez pris. Et puis...

— Et puis ? fit Carver.

— Eh bien, voyez-vous, vous avez parlé d'honnêteté avec un peu trop de véhémence, hier soir. « Qui proteste à l'excès de son innocence... » enfin, vous connaissez votre Shakespeare. On avait l'impression que vous tentiez de *vous convaincre vous-même.*

Vous manifestiez également un peu trop de mépris vis-à-vis de l'argent.

Le visage du savant refléta soudain une infinie lassitude.

— Eh bien, voilà, soupira-t-il. Je suis fini, à présent. Je suppose que vous allez rendre son joujou à cette gosse de riche ? Etrange, cet instinct primitif pour l'ornement. On le retrouve jusqu'au paléolithique. Un des premiers instincts du sexe féminin.

— Je crois que vous jugez mal miss Carol, dit Mr Parker Pyne. Elle ne manque pas de cervelle... et, surtout, elle a du cœur. Je suis convaincu qu'elle saura garder tout cela pour elle.

— Mais pas son père, dit l'archéologue.

— Lui aussi, à mon avis. Voyez-vous, il a de bonnes raisons de ne pas ébruiter l'incident. Ces boucles d'oreilles sont loin de valoir quatre-vingt mille dollars. Un simple billet de cinq livres permettrait de se les offrir.

— Vous voulez dire que... ?

— Oui. La jeune fille l'ignore. Elle les croit vraies, sans aucun doute. Cela m'a traversé l'esprit hier soir. Mr Blundell se vantait un peu trop de l'étendue de sa fortune. Quand la vie vous joue des tours et que l'on traverse une crise, la meilleure solution consiste encore à faire bonne figure et à bluffer. Mr Blundell bluffait.

Brusquement, le Pr Carver sourit. Ce fut un bon sourire, un sourire d'enfant, un peu bizarre à voir sur ce visage déjà marqué par les ans.

— Si je comprends bien, nous ne sommes tous qu'un ramassis de pauvres bougres, murmura-t-il.

— Exactement, dit Mr Parker Pyne — et il cita : « C'est l'esprit de communauté qui fait la gloire du genre humain. »

11

MORT SUR LE NIL
(Death on the Nile)

Lady Grayle avait les nerfs en pelotte. Depuis qu'elle avait embarqué à bord du *S.S. Fayoum*, elle n'avait cessé de se plaindre de tout et du reste. Sa cabine ne lui plaisait pas. Elle supportait à la rigueur le soleil du matin, mais pas celui de l'après-midi. Sa nièce, Pamela Grayle, lui avait courtoisement cédé la sienne, située à bâbord. Lady Grayle l'avait acceptée de mauvaise grâce.

Elle avait fait une scène à son infirmière, miss Mac-Naughton, coupable de lui avoir sorti le foulard dont elle ne voulait précisément pas et d'avoir rangé, en revanche, le petit oreiller qu'il aurait fallu, bien entendu, lui laisser à portée de la main. Elle avait fait une scène à son mari, sir George, qui lui avait acheté — on aurait pu s'en douter — l'unique collier de perles dont elle n'aurait jamais voulu pour un empire. Ce qu'elle lui avait demandé ? Des lapis-lazulis, pas des cornalines. George était stupide !

— Navré, ma chère amie, navré, avait balbutié sir George, atterré. Je vais retourner le changer. Il y a largement le temps.

Elle n'avait pas fait de scène à Basil West, le secrétaire particulier de son mari. Personne ne faisait jamais de scène à Basil. Son sourire désarmant vous privait de vos moyens avant même que vous n'ayez ouvert la bouche.

Le gros de l'orage s'abattit sur le dragman, personnage imposant et richement vêtu que rien ne pouvait ébranler.

Lorsque lady Grayle aperçut en effet un inconnu assis dans un fauteuil d'osier et comprit qu'il s'agissait d'un passager supplémentaire, sa colère déferla.

— On m'avait pourtant clairement précisé à l'agence que nous serions les seuls passagers ! Que c'était la fin de la saison et que personne d'autre que nous ne devait embarquer.

— Tout y va bien, madame, répondit Mohammed

avec sérénité. Rien que vous, vos amis et un gentleman, c'est tout.

— Mais on m'avait dit qu'il n'y aurait que nous.

— Tout y va bien, madame.

— Non, tout ne va pas bien ! On m'a menti ! Que fait cet homme ici ?

— Lui venir plus tard, madame. Après vous prendre billets. Lui seulement décidé venir ce matin.

— C'est de l'escroquerie !

— Tout y va bien, madame. Lui gentleman très tranquille, très calme. Lui pas d'histoires.

— Vous êtes un imbécile ! Vous ne comprenez rien à rien ! Miss MacNaughton, où êtes-vous ? Ah ! vous voilà. Je vous ai demandé je ne sais combien de fois de rester près de moi. Je pourrais avoir un malaise. Raccompagnez-moi à ma cabine, donnez-moi une aspirine et arrangez-vous pour éloigner Mohammed. A force de l'entendre répéter « Tout y va bien, madame », je risquerais de me mettre à hurler.

Miss MacNaughton offrit son bras sans un mot. C'était une grande femme brune d'environ trente-cinq ans, à la beauté discrète. Elle installa lady Grayle dans sa cabine, lui glissa des coussins sous les épaules, lui administra une aspirine et l'écouta égrener ses doléances.

Lady Grayle avait quarante-huit ans. Elle souffrait, depuis l'âge de seize ans, d'un mal inguérissable : trop d'argent. Elle avait épousé dix ans plus tôt sir George Grayle, un nobliau ruiné.

C'était une créature corpulente, pas laide au demeurant, mais dont le visage maussade était strié de rides d'expression. Le maquillage surabondant auquel elle recourait ne faisait qu'accentuer les ravages du temps et d'un mauvais caractère. Ses cheveux, que l'on avait connus tour à tour blond platine ou rougis au henné, trahissaient la fatigue engendrée par un tel traitement. Elle s'habillait de façon ostentatoire — et portait ostensiblement trop de bijoux.

— Dites bien à sir George, conclut-elle à l'intention de miss MacNaughton qui lui opposait un visage dénué d'expression, dites-lui bien qu'il *doit* faire débarquer cet individu. J'ai ab-so-lu-ment besoin d'intimité. Après tout ce qu'il m'a fallu subir ces derniers temps...

Elle ferma les yeux.

— Bien sûr, lady Grayle, répondit miss MacNaughton avant de quitter la cabine.

L'indésirable passager de dernière minute était toujours dans son fauteuil. Dos tourné à Luxor, il contemplait au loin, sur l'autre rive du Nil, les collines qui semblaient autant de touches dorées posées sur l'horizon vert sombre.

En passant, miss MacNaughton lui adressa un bref regard appréciateur.

Elle trouva sir George au salon. Un collier de perles à la main, il semblait hésiter.

— Dites-moi, miss MacNaughton, vous croyez que celui-ci fera l'affaire ?

Elle jeta un coup d'œil aux lapis-lazulis.

— Il est ravissant.

— Vous... vous croyez que lady Grayle sera satisfaite ?

— Oh, non, sûrement pas, sir George. Voyez-vous, *rien* ne peut la satisfaire. C'est là le fond du problème. A propos, elle m'a chargée d'un message. Elle veut que vous vous débarrassiez du passager supplémentaire.

La mâchoire de sir George s'affaissa.

— Comment voulez-vous que je m'y prenne ? Qu'est-ce que je pourrais bien dire à ce type ?

— Il n'y a rien à faire, c'est évident.

Le ton d'Elsie MacNaughton était vif, mais dépourvu d'acrimonie.

— Dites simplement à lady Grayle qu'il n'y a pas eu moyen... De toute façon, tout s'arrangera, ajouta-t-elle pour lui remonter le moral.

— Vous croyez ça, vous ?

Son expression pitoyable le rendait quelque peu grotesque.

La voix d'Elsie MacNaughton se fit plus douce lorsqu'elle lui murmura :

— Vous ne devriez pas prendre tout ça trop à cœur, sir George. Ce n'est guère qu'un problème de santé. N'y attachez pas plus d'importance que ça n'en vaut.

— Vous croyez qu'elle va vraiment mal ?

Une ombre passa sur le visage de l'infirmière. Sa voix s'altéra.

— Son état ne me dit rien qui vaille. Mais ne vous faites pas de mauvais sang, sir George. Ça n'avancerait à rien. Vraiment à rien.

Elle lui adressa un sourire amical et s'en fut.

Pamela entra, nonchalante et sans-gêne, toute de blanc vêtue.

— Salut, mon tonton bien-aimé.
— Salut, Pam, ma choupinette.
— Qu'est-ce que tu as là ? Oh ! di-vin !
— Je suis content que tu sois de cet avis. Tu crois que ta tante va montrer autant d'enthousiasme ?
— Rien ne saurait trouver grâce à ses yeux. Je ne comprendrai jamais pourquoi tu as épousé cette mégère, mon tontounet chéri.

Sir George resta silencieux. Un panorama confus, fait de chevaux absents à l'arrivée, de créanciers pressants et d'une femme belle quoique un rien dominatrice, défila dans son esprit.

— Pauvre vieux chou, fit Pamela. Je suppose que tu n'avais pas le choix. En tout cas, elle nous fait la vie plutôt dure, pas vrai ?

— Depuis qu'elle est malade..., commença sir George.

Pamela l'interrompit.

— Malade, mon œil ! Des malades comme ça... Elle peut encore se permettre de faire tout ce qui lui chante. Tiens, pendant notre séjour à Assouan, elle était gaie comme un pinson. Je parie que miss MacNaughton n'est pas dupe de sa comédie.

— Je me demande bien ce que nous ferions sans miss MacNaughton, soupira sir George.

— C'est une bonne femme efficace, reconnut Pamela. Mais je ne suis pas entichée d'elle autant que toi. Mais si, mais si, tu es entiché d'elle. Ne dis pas le contraire. Tu la trouves formidable. Dans un sens, tu n'as pas tort. Mais c'est une sournoise. On ne sait jamais ce qu'elle pense. Bah ! l'important, c'est qu'elle s'occupe bien de la vieille chouette.

— Ecoute, Pam, il ne faut pas parler comme ça de ta tante. Bon sang, elle est très bonne avec toi.

— Oui, elle paie toutes mes factures, n'est-ce pas ? Mais c'est quand même une vie de chien.

Sir George passa à un sujet moins douloureux.

— Qu'est-ce qu'on doit faire à propos de ce type qui va voyager avec nous ? Ta tante veut le bateau pour elle toute seule.

— Qu'elle en fasse son deuil, décréta froidement Pamela. Cet homme est tout ce qu'il y a de présentable. Il s'appelle Parker Pyne. Je dirais que c'est un fonctionnaire du Service des Archives — si toutefois je pensais qu'un tel job puisse exister. Mais, c'est drôle, il me semble que je connais ce nom. Basil !

Le secrétaire venait d'entrer.

— Basil, où ai-je bien pu voir ce nom de Parker Pyne ?

— A la première page du *Times*. Dans les « messages personnels », répondit le jeune homme sans l'ombre d'une hésitation. « Heureux(se) ? Sinon venez consulter Mr Parker Pyne », etc, etc.

— Non ? C'est tordant ! On devrait profiter du voyage pour *lui débiter* nos états d'âme. Il y aurait de quoi nous occuper jusqu'au Caire.

— Moi, je n'en ai pas, dit Basil West avec simplicité. Nous allons descendre le Nil majestueux et visiter les temples... (Il jeta un bref regard à sir George, qui avait pris un journal.) Et tout cela ensemble.

Le dernier mot n'avait été qu'un murmure. Mais Pamela l'entendit. Et les deux jeunes gens se regardèrent au fond des yeux.

— Vous avez raison, Basil, dit-elle joyeusement. La vie est belle !

Sir George se leva et sortit. Le visage de Pamela s'assombrit.

— Qu'y a-t-il, ma douce ?

— Mon effroyable tante par alliance...

— Ne vous inquiétez pas, s'empressa de la couper Basil. Qu'importe ce qu'elle a dans la tête. Ne la contredisez pas, un point c'est tout. Quel meilleur camouflage pourrions-nous bien avoir ? ajouta-t-il en riant.

La silhouette débonnaire de Mr Parker Pyne venait de se profiler sur le seuil. Derrière lui, le pittoresque Mohammed s'apprêtait à faire son laïus.

— Mesdames, messieurs, nous partons. Dans quelques minutes, vous voyez temples de Karnak à main droite. Je vous raconte histoire maintenant du petit garçon que son père acheter de l'agneau rôti envoie...

Mr Parker Pyne s'épongea le front. Il venait de rentrer d'une visite au Temple de Dandera. Les excursions à dos d'âne, estima-t-il, cadraient fort mal avec sa corpulence. Il déboutonnait son col quand une enveloppe posée sur la table de toilette attira son attention. Il l'ouvrit et lut :

Cher monsieur,
Je vous serai reconnaissante de renoncer à la visite du Temple d'Abydos et de rester à bord, car je souhaite vous consulter.
Meilleurs sentiments.
Ariadne Grayle.

Un sourire plissa le large visage affable de Mr Parker Pyne. Il prit une feuille de papier, ouvrit son stylo-plume, et écrivit :

Chère lady Grayle,
Je regrette de vous décevoir, mais je suis en vacances et ne me charge d'aucune affaire pour le moment.

Puis il signa et confia le mot à un garçon de cabine. Il achevait de se changer quand on lui remit une nouvelle missive.

Cher Mr Parker Pyne,
Je ne méconnais pas le fait que vous soyez en vacances, mais je suis prête à donner cent livres pour une consultation.
Meilleurs sentiments,
Ariadne Grayle

Mr Parker Pyne haussa les sourcils et se tapota pensivement les dents avec son stylo. Il avait certes envie de voir Abydos, mais cent livres étaient cent livres. Et les faux frais, en Egypte, se chiffraient en sommes extravagantes.

Chère lady Grayle (répondit-il donc)
Je n'irai pas visiter le Temple d'Abydos.
Votre tout dévoué,
J. Parker Pyne

La volonté manifestée par Mr Parker Pyne de ne pas quitter le bord mit Mohammed au désespoir.

— Très beau temple. Tous mes messieurs vouloir voir ce temple. Je vous trouve voiture. Je vous trouve fauteuil et marins vous transportent.

Mr Parker Pyne refusa toutes ces propositions alléchantes.

Les autres s'en allèrent.

Mr Parker Pyne fit le pied de grue. Bientôt, la porte de la cabine s'ouvrit et lady Grayle en personne se traîna sur le pont.

— Quel après-midi torride, dit-elle aimablement. Je vois que vous êtes resté, Mr Pyne. Vous avez bien fait. Peut-être pourrions-nous prendre le thé au salon ?

Mr Parker Pyne la suivit aussitôt. Comment nier qu'il était dévoré par la curiosité ?

Lady Grayle donna l'impression d'éprouver quelques difficultés à en venir au fait. Elle papillonna d'un sujet à l'autre. Puis elle finit par parler, d'une voix altérée.

— Mr Pyne, ce que je vais vous dire est strictement confidentiel. Vous en êtes bien conscient, n'est-ce pas ?

— Cela va de soi.

Elle hésita, respira profondément. Mr Parker Pyne attendit.

— Je veux savoir si, oui ou non, mon mari tente de m'empoisonner.

Mr Parker Pyne s'attendait à tout, sauf à cela. Il ne cacha d'ailleurs pas sa stupéfaction.

— C'est là une très grave accusation, lady Grayle.

— Voyez-vous, je n'ai rien d'une gourde, et je ne suis pas née d'hier. Cela fait déjà quelque temps que j'ai des soupçons. Chaque fois que George s'absente, je vais mieux. Ce que je mange ne m'incommode pas et je me sens revivre. Ce n'est sûrement pas un hasard.

— Ce que vous dites là est très grave, lady Grayle. Puis-je vous rappeler que je n'appartiens pas à la police ? Je ne suis guère — s'il m'est permis de me désigner ainsi — qu'un spécialiste des affections du cœur et...

Elle l'interrompit tout net :

— Dites donc ! Vous ne croyez pas que tout ça me tracasse et qu'en fait d'affections du cœur... Non, ce n'est pas d'un policier dont j'ai besoin. Me défendre toute seule, ça, je sais le faire, merci. Ce que je veux, c'est une certitude. Il *faut* que je sache. Je ne suis pas une mauvaise femme, Mr Pyne. Je traite bien qui bien me traite. C'est une question de loyauté. Un marché est un marché. Ma part de contrat, je m'en suis acquittée. J'ai payé les dettes de mon mari et je ne l'ai jamais laissé à court d'argent.

Mr Parker Pyne eut vaguement pitié de sir George.

— Quant à sa nièce, cette fille a obtenu de moi tout ce qu'elle voulait : robes de grand couturier, raouts mondains et tout et tout. Un minimum de reconnaissance, je n'en demande pas davantage.

— La reconnaissance, ça ne se commande pas, lady Grayle.

— Quelle absurdité ! s'emporta lady Grayle. Enfin bref, poursuivit-elle, plus calme, voilà un aperçu de la situation. Découvrez la vérité. Et dès que j'en aurai le cœur net...

Il la dévisagea.

— Et quand vous en aurez le cœur net, lady Grayle, que ferez-vous ?

— C'est mon affaire ! grinça-t-elle.

Mr Parker Pyne hésita pendant une minute, puis :

— Vous m'excuserez, lady Grayle, mais j'ai l'impression que vous n'êtes pas tout à fait franche avec moi.

— Grotesque ! Je vous ai indiqué mot pour mot ce que j'attends de vous.

— Mais vous ne m'avez pas donné vos raisons. Vous ne m'avez pas dit *pourquoi* ?

Ils s'affrontèrent du regard. Elle céda la première.

— Il me semble que cela va de soi.

— Non, parce que j'ai des doutes sur un point.

— Quel point ?

— Voulez-vous que vos soupçons soient confirmés ou infirmés ?

La digne personne se leva, tremblante d'indignation :

— Vraiment, Mr Pyne !

Mr Parker Pyne hocha la tête avec indulgence :

— Mais oui, mais oui, fit-il. Mais cela ne répond toujours pas à ma question.

— Oh !

A court de mots, elle effectua une sortie en tempête.

Demeuré seul, Mr Parker Pyne s'abîma dans ses pensées. Il y était si profondément plongé qu'il sursauta lorsque quelqu'un entra et s'assit en face de lui. C'était miss MacNaughton.

— Eh bien, cette excursion n'a pas duré longtemps, marmonna Mr Parker Pyne.

— Les autres ne sont pas rentrés. J'ai dit que j'avais mal à la tête et je suis revenue seule. (Elle hésita puis demanda :) Où est lady Grayle ?

— Allongée dans sa cabine, j'imagine.

— Oh, dans ce cas, c'est parfait. Je ne veux pas qu'elle me sache de retour.

— Vous n'êtes donc pas revenue à cause d'elle ?

Miss MacNaughton secoua la tête.

— Non, si je suis revenue, c'est parce que je voulais vous voir.

Mr Parker Pyne n'en crut pas ses oreilles, lui qui n'aurait pas hésité à jurer que miss MacNaughton était éminemment capable de résoudre ses problèmes sans demander l'avis de personne. Apparemment, tel n'était pas le cas.

— Je vous observe depuis que nous sommes montés à bord. A mon avis, vous êtes homme d'expérience et de bon jugement. Or, j'ai besoin, grand besoin d'un conseil.

— Pourtant... excusez-moi, miss MacNaughton,

mais demander un conseil n'est certainement pas dans vos habitudes. Vous devez plutôt être de ces personnes qui ne se fient qu'à leur propre jugement.

— Normalement, oui. Mais je me trouve dans une situation très exceptionnelle. (Elle hésita un instant.) En règle générale, je ne parle pas de mes patients. Mais dans le cas présent, je crois que c'est indispensable. Ecoutez, Mr Pyne, lorsque j'ai quitté l'Angleterre avec lady Grayle, son cas ne posait guère de problèmes. En clair, elle allait très bien. Oh, ce n'est peut-être pas tout à fait exact, tant il est vrai qu'un excès d'argent — et donc d'oisiveté — peut engendrer un état pathologique spécifique. Avec une maison à astiquer et cinq ou six gosses à élever, lady Grayle aurait joui d'une excellente santé et aurait été bien plus heureuse.

Mr Parker Pyne acquiesça.

— En milieu hospitalier, on observe souvent ce type de maladie nerveuse. Lady Grayle *aimait* être en mauvaise santé. Mon rôle consistait donc à ne pas minimiser sa souffrance, à faire preuve de tact et à profiter autant que possible du voyage.

— Très judicieux, commenta Mr Parker Pyne.

— Seulement voilà, la situation a changé. Les maux dont se plaint désormais lady Grayle sont bien réels, et pas imaginaires pour deux sous.

— Qu'entendez-vous par là ?

— J'en suis venue à croire que l'on est en train d'empoisonner lady Grayle.

— Depuis quand croyez-vous cela ?

— Depuis trois semaines.

— Soupçonnez-vous... quelqu'un en particulier ?

Elle baissa la tête. Pour la première fois, son ton manqua de sincérité.

— Non.

— Je suis certain, miss MacNaughton, que vous soupçonnez quelqu'un et qu'il s'agit de sir George Grayle.

— Oh ! non, non, je ne peux pas croire cela de lui ! Il est si ingénu, si semblable à un enfant. Il serait incapable de préméditer un empoisonnement.

Il y avait dans sa voix une note désespérée.

— Et pourtant vous avez remarqué que chaque

fois que sir George s'absente, sa femme va mieux et que ses périodes de rechute coïncident avec son retour.

Elle ne répondit pas.

— Quel poison soupçonnez-vous ? L'arsenic ?

— Ce type de produit. Arsenic ou antimoine.

— Et quelles mesures avez-vous prises ?

— Je surveille très attentivement ce que lady Grayle mange et boit.

Mr Parker Pyne hocha la tête.

— Croyez-vous que lady Grayle ait également des soupçons ? s'enquit-il d'un ton neutre.

— Oh ! non, je suis sûre qu'elle n'en a pas.

— Eh bien, vous vous trompez, dit Mr Parker Pyne. Lady Grayle soupçonne bel et bien quelque chose.

Miss MacNaughton ne chercha pas à dissimuler sa stupéfaction.

— Lady Grayle est beaucoup plus capable que vous ne l'imaginez de garder ses soucis pour elle, poursuivit Mr Parker Pyne. C'est une femme qui sait tenir sa langue.

— Ça m'étonne beaucoup, dit miss MacNaughton, pensive.

— Je voudrais vous poser encore une question, miss MacNaughton. Croyez-vous que lady Grayle ait de l'affection pour vous ?

— Je n'ai jamais songé à ça.

Ils furent interrompus par l'arrivée de Mohammed, dans un tourbillon de gandoura et de burnous, le visage hilare :

— La dame, elle apprend vous êtes revenue ; elle demande vous. Elle dit : pourquoi vous allez pas la voir ?

Elsie MacNaughton se leva d'un bond. Mr Parker Pyne l'imita.

— Est-ce qu'une consultation demain en début de matinée vous conviendrait ? demanda-t-il.

— Oui, ce serait le meilleur moment. Lady Grayle se réveille tard. D'ici là, je serai très vigilante.

— Je crois que lady Grayle sera d'une extrême vigilance elle aussi.

Miss MacNaughton s'en fut.

Mr Parker Pyne ne revit lady Grayle qu'un peu avant le dîner. Elle fumait une cigarette et brûlait ce qui lui sembla être une lettre. Elle feignit de ne pas le voir et il en déduisit qu'elle était encore vexée.

Après le dîner, il joua au bridge avec sir George, Pamela et Basil. Tout le monde semblait un peu distrait et la partie ne dura guère.

Quelques heures plus tard, Mr Parker Pyne fut réveillé en sursaut. C'était Mohammed qui venait le chercher.

— Vieille dame, elle très malade. Infirmière très effrayée. J'essaye trouver docteur.

Mr Parker Pyne enfila quelques vêtements à la hâte. Il arriva sur le seuil de lady Grayle en même temps que Basil West. Sir George et Pamela étaient à l'intérieur. Elsie MacNaughton prodiguait à sa malade des soins désespérés. A l'arrivée de Mr Parker Pyne, une ultime convulsion secoua la pauvre femme. Son corps cambré, tendu, se crispa. Puis elle retomba sur ses oreillers.

Mr Parker Pyne entraîna doucement Pamela dans la coursive.

— C'est horrible ! fit la jeune fille étranglée par les sanglots. Horrible ! Est-ce qu'elle est... est-ce qu'elle est... ?

— Morte ? Oui, tout est terminé.

Il la confia aux bons soins de Basil. Sir George sortit sur le seuil, hébété.

— Je n'ai jamais cru une seconde qu'elle était malade, bégaya-t-il. Je n'y ai jamais cru.

Mr Parker Pyne l'écarta pour entrer.

Le visage d'Elsie MacNaughton était blafard et creusé par la fatigue.

— Ils ont appelé un médecin ? demanda-t-elle.

— Oui, fit Mr Parker Pyne avant de s'enquérir : strychnine ?

— Oui. Ce type de convulsions est caractéristique. Oh ! je n'arrive pas à y croire.

Elle se laissa tomber sur une chaise et se mit à pleurer. Il posa une main rassurante sur son épaule.

Puis une idée lui traversa soudain l'esprit. Il sortit de la cabine et gagna précipitamment le salon. Dans le cendrier, un lambeau de papier n'avait pas brûlé. On n'y déchiffrait cependant plus que quelques mots :

— Tiens, tiens ! Voilà qui est fort intéressant, marmonna Mr Parker Pyne.

Mr Parker Pyne occupait le fauteuil visiteur dans le bureau d'un haut fonctionnaire du Caire.
— Ainsi, vous possédez bel et bien une preuve, murmura-t-il, songeur.
— Oui, et indiscutable. Ce type est le roi des imbéciles.
— On ne peut pas dire que sir George soit un cerveau.
— Quoi qu'il en soit, récapitulons : lady Grayle veut une tasse de bouillon. L'infirmière la lui prépare. Puis elle demande qu'on y ajoute du xérès. Sir George apporte le xérès. Deux heures plus tard, lady Grayle meurt, avec des symptômes indubitables d'empoisonnement à la strychnine. On trouve un sachet de strychnine dans la cabine de sir George, et même un autre de surcroît dans la poche de son veston de smoking.
— Voilà qui est on ne peut plus complet, admira Mr Parker Pyne en connaisseur. A propos, d'où venait-elle, cette strychnine ?
— Ce point n'est pas définitivement éclairci. L'infirmière en avait un peu — pour le cas où lady Grayle aurait eu des problèmes cardiaques. Mais elle s'est contredite à une ou deux reprises. Elle a tout d'abord prétendu que sa réserve était intacte, et elle affirme à présent qu'elle ne l'est pas.
— Cette absence de certitude ne lui ressemble guère, commenta Mr Parker Pyne.
— A mon avis, ils ont fait le coup ensemble. Ils ont un faible l'un pour l'autre, ces deux-là.

— Peut-être ; mais si miss MacNaughton avait projeté un meurtre, elle n'aurait pas commis toutes ces erreurs. C'est une jeune femme efficace.
— En tout cas, les faits sont là. A mon avis, sir George est dans le bain jusqu'au cou. Il n'a pas une chance sur mille de s'en tirer.
— Bien, bien, fit Mr Parker Pyne. Il faut que je voie ce que je peux faire.

Il alla trouver la jolie nièce.

Pamela était blême et au comble de l'indignation :
— Jamais mon oncle n'aurait fait une chose pareille ! Jamais... jamais... jamais...
— Alors, qui ? interrogea Mr Parker Pyne, placide.

Pamela vint plus près :
— Vous savez ce que je crois ? *Elle a fait le coup elle-même !* Elle était incroyablement bizarre, depuis quelque temps. Elle imaginait des choses.
— Quelles choses ?
— Des choses grotesques. Basil, par exemple. Elle laissait entendre à tout bout de champ que Basil était amoureux d'elle. Alors que Basil et moi, nous sommes... nous sommes...
— Je comprends, dit Mr Parker Pyne avec un sourire.
— Toutes ces histoires à propos de Basil n'étaient qu'imagination pure et simple. Je crois aussi qu'elle avait une dent contre mon pauvre oncle, et je suis persuadée qu'elle a inventé tout ce qu'elle vous a raconté et puis qu'elle lui a fourré de la strychnine dans sa cabine et dans sa poche et qu'elle s'est empoisonnée. Ce ne serait pas la première fois que des gens font ça, non ?
— Non, ce ne serait pas la première, voulut bien admettre Mr Parker Pyne. Mais je ne crois pas que lady Grayle ait agi ainsi. Ce n'était pas son style, si vous me passez l'expression.
— Mais la folie douce, le fait de s'imaginer que...
— Oui, j'ai bien envie d'interroger Mr West sur ce point.

Il trouva le jeune homme dans sa chambre. Basil répondit à ses questions sans se faire prier.
— Je ne voudrais pas paraître prétentieux, mais je lui avais tapé dans l'œil. C'est d'ailleurs pourquoi je

ne pouvais pas lui parler de ce qu'il y a entre Pamela et moi. Elle aurait exigé que sir George me flanque dehors.

— L'hypothèse de miss Grayle vous paraît vraisemblable ?

— Après tout, c'est bien possible... Pourquoi pas ?

Le jeune homme semblait quelque peu dubitatif.

— Pas très convaincante quand même, n'est-ce pas ? commenta Mr Parker Pyne sur un ton neutre. Non, vous avez raison : il nous faut trouver mieux. (Il demeura un instant plongé dans ses pensées.) Rien ne vaut des aveux, reprit-il soudain.

Il dévissa le capuchon de son stylo et sortit une feuille de papier :

— Ecrivez, voulez-vous ? cela vous libérera.

Basil West lui adressa un regard stupéfait.

— Moi ? Mais qu'est-ce qui vous prend ?

— Mon cher garçon, dit Mr Parker Pyne sur un ton presque paternel, j'ai tout compris. Que vous êtes devenu l'amant de la bonne dame. Qu'elle a eu des scrupules. Que vous êtes tombé amoureux de la jolie nièce sans le sou. Que vous avez mis votre machination au point. Empoisonnement progressif. Dans ce cas, on attribue souvent le décès à une gastro-entérite. Sinon, le tout retomberait sur le dos de sir George, puisque vous preniez la précaution de faire coïncider les crises avec sa présence.

» Mais vous avez découvert que lady Grayle se méfiait et s'était confiée à moi. Il fallait accélérer le mouvement ! Vous avez subtilisé de la strychnine dans la trousse de miss MacNaughton. Vous en avez caché une partie dans la cabine de sir George, une autre dans son veston et en avez mis une quantité suffisante dans une gélule que vous avez jointe à une lettre adressée à lady Grayle, où vous prétendiez qu'il s'agissait d'une « pilule des rêves ».

» Idée romanesque s'il en fut jamais. Elle la prendrait après le départ de l'infirmière et personne n'en saurait rien. Mais vous avez commis une erreur, mon jeune ami. Demander à une femme de brûler ses lettres ne sert à rien. Elles ne le font jamais. Je possède la totalité de cette correspondance édifiante, y compris la lettre où vous mentionnez votre fameuse pilule.

Basil West était devenu verdâtre. Il n'avait plus rien de séduisant. Il faisait penser à un rat pris au piège.

— Salaud ! gronda-t-il. Alors vous avez tout compris ! Sale fouineur qui se mêle de ce qui ne le regarde pas.

La violence physique fut épargnée à Mr Parker Pyne par l'irruption des témoins qu'il avait pris soin de poster derrière la porte entrouverte, afin qu'ils ne perdent rien de la conversation.

Mr Parker Pyne évoquait à nouveau l'affaire avec son ami le haut fonctionnaire.

— Et je n'avais pas l'ombre d'une preuve ! Seulement un lambeau de papier presque indéchiffrable sur lequel on ne lisait plus guère que « Brûlez ceci ! ». J'en ai déduit toute l'histoire et j'ai tenté ma chance. Ça a marché. J'avais tapé dans le mille. L'histoire des lettres l'a achevé. Lady Grayle avait pourtant bien pris soin de brûler tout ce qu'il lui avait écrit, *mais il ne le savait pas.*

» En fait, c'était une femme assez peu banale. Quand elle s'est adressée à moi, je me suis demandé pourquoi. En réalité, elle voulait que je lui dise que son mari était en train de l'empoisonner. Auquel cas, elle avait l'intention de filer avec le petit West. Mais elle voulait se montrer belle joueuse. « Question de loyauté », comme elle disait. Drôle de personnage.

— La pauvre gamine va souffrir, s'attendrit l'autre.

— Bah ! elle s'en remettra, dit Mr Parker Pyne avec indifférence. Elle est jeune. En revanche, il faut que sir George profite un peu de la vie avant qu'il ne soit trop tard. Pendant dix ans, on l'a traité comme un chien. Désormais, Elsie MacNaughton l'entourera de tendresse.

Il eut un large sourire. Puis il soupira.

— J'envisage d'aller en Grèce. In-co-gni-to. J'ai vraiment *besoin* de vacances.

12

L'ORACLE DE DELPHES
(The Oracle at Delphi)

La Grèce, Mrs Willard J. Peters n'en avait que faire. Quant à Delphes, au fond de son cœur, elle n'en pensait strictement rien.

Ses lieux d'élection ? Ils s'appelaient Paris, Londres, et la Riviera. C'était une femme qui aimait la vie d'hôtel, mais son idée d'une chambre d'hôtel comportait des tapis de laine moelleuse, une literie luxueuse, une profusion d'éclairages variés, dont une lampe de chevet pourvue d'un abat-jour, des flots d'eau chaude et d'eau froide et, à côté du lit, un téléphone au moyen duquel on pouvait tout à loisir commander du thé, des repas, de l'eau minérale, des cocktails, et bavarder avec ses amis.

A l'hôtel de Delphes, il n'y avait rien de tout cela. La vue était magnifique, le lit était propre, de même que la chambre, blanchie à la chaux. Et il y avait une chaise, un lavabo et une commode. Les bains devaient se négocier et se révélaient, à l'occasion, décevants en ce qui concernait l'eau chaude.

Quand même, supposait Mrs Peters, pouvoir dire qu'on connaissait Delphes devait avoir son charme et elle avait fait de gros efforts pour s'intéresser à la Grèce antique, mais ce n'était pas commode. Leurs statues semblaient si mal finies ; si dépourvues de têtes, de bras et de jambes. Dans son for intérieur elle préférait de beaucoup le bel ange de marbre, entier lui, avec ses ailes, qui se dressait sur la tombe de feu Mr Willard Peters.

Mais toutes ces réflexions, elle les gardait prudemment pour elle de peur de déplaire à Willard. C'était pour l'amour de Willard qu'elle était là, dans cette chambre glaciale et inconfortable, aux prises avec une bonne maussade et un chauffeur dégoûté.

Car Willard — tout récemment encore appelé Junior, ce qu'il détestait — était son grand garçon de dix-huit ans et elle lui vouait un amour idolâtre. C'était donc Willard avec son étrange passion pour l'art passé ; Willard, mince, pâle, myope et dyspeptique, qui avait entraîné sa trop aimante mère dans ce périple à travers la Grèce.

Ils s'étaient rendus à Olympie — un affligeant tas de cailloux, avait pensé Mrs Peters. Elle avait bien aimé le Parthénon, mais n'espérait rien d'une ville comme Athènes. La visite de Corinthe et de Mycènes avait été pour elle, comme pour le chauffeur, un véritable calvaire.

Quant à Delphes, pensait Mrs Peters, morose, c'était le pompon. Rigoureusement rien à faire qu'arpenter une route et regarder des ruines. Willard passait de longues heures à genoux, à déchiffrer des inscriptions grecques en s'écriant : « Mère, écoutez ça ! N'est-ce pas merveilleux ? » Et il se mettait à lire quelque chose qui semblait à Mrs Peters la quintessence de l'ennui.

Ce matin-là, Willard s'était mis en route de bonne heure pour aller voir des mosaïques byzantines. Mrs Peters, qui avait senti d'instinct que ces mosaïques allaient la laisser froide, au propre comme au figuré, s'était excusée.

— Je comprends très bien, mère, avait dit Willard. Vous voulez être un peu seule pour aller vous asseoir dans le théâtre ou dans le stade, contempler tout cela et vous en imprégner.

— C'est cela, mon trésor, avait répondu Mrs Peters.

— Ah ! je savais que cet endroit vous enchanterait, avait conclu Willard d'une voix triomphante — sur quoi il avait pris ses cliques et ses claques.

Et maintenant, en soupirant, Mrs Peters se préparait à se lever pour aller déjeuner.

Elle pénétra dans la salle à manger pour la trouver déserte, à l'exception de quatre personnes : une mère et sa fille, dont le vêtement parut des plus curieux à Mrs Peters — incapable d'y reconnaître un péplum —, et qui discouraient sur l'expression de soi à travers la danse ; un gentleman replet, d'âge moyen, qui lui avait récupéré une valise quand elle était descendue du train et s'appelait Thompson ; et un nouveau venu, autre gentleman d'âge moyen, au crâne dégarni, arrivé la veille au soir.

Ce dernier fut bientôt le seul être vivant à proximité et Mrs Peters engagea la conversation. C'était une femme cordiale, qui aimait bavarder avec autrui. Mais l'attitude de Mr Thompson avait été nettement dissuasive — réserve britannique, avait-elle diagnostiqué —, et la mère et la fille l'avaient regardée du haut de leur supériorité, bien que la fille se soit plutôt bien entendue avec Willard.

Mrs Peters trouva le nouveau venu d'une compagnie très agréable. Intéressant, mais sans prétention, il lui débita quelques anecdotes amusantes sur les Grecs qui lui parurent soudain plus réels — des êtres de chair et non plus seulement la matière de livres indigestes.

Mrs Peters raconta tout sur Willard à son nouvel ami, quel garçon intelligent c'était, et cultivé — la culture personnifiée ! Il y avait chez cet homme aimable et bienveillant quelque chose qui appelait la confidence.

Sur lui, néanmoins, ce qu'il faisait, comment il s'appelait, Mrs Peters n'apprit rien. En dehors du fait qu'il avait voyagé ces derniers temps et qu'il prenait un repos complet, loin des affaires — quelles affaires ? — , il fut d'une totale discrétion.

Mais, tout compte fait, la journée passa plus rapidement qu'elle ne l'aurait cru possible. Mère et fille ne manifestèrent aucun désir de rapprochement ; Mr Thompson, pas davantage. Ce dernier, qu'ils croisèrent sortant du musée, s'éloigna aussitôt dans la direction opposée.

Le nouvel ami de Mrs Peters fronça les sourcils.

— Tiens... Je me demande bien qui est cet homme ! dit-il.

Mrs Peters lui indiqua son nom, en regrettant de n'en savoir pas plus.

— Thompson... Thompson, non, cela ne me dit rien. Pourtant, il me semble l'avoir déjà vu quelque part. Mais je me demande bien où.

Dans l'après-midi, Mrs Peters s'offrit une petite sieste à l'ombre. Le livre qu'elle avait emporté avec elle n'était pas l'excellent ouvrage sur l'art grec recommandé par son fils, mais en revanche, sous le titre *Le Mystère de la Chaloupe*, il proposait quatre meurtres, trois rapts, et un large assortiment de dangereux criminels. Mrs Peters se trouva tout à la fois revigorée et délassée par cette lecture.

Il était 4 heures lorsqu'elle regagna l'hôtel, certaine qu'à cette heure-là Willard serait de retour. Elle était si loin de tout mauvais pressentiment qu'elle oublia presque d'ouvrir un billet qui, selon le propriétaire, avait été déposé là pour elle dans l'après-midi par un homme à l'allure bizarre.

C'était une méchante enveloppe toute sale. Elle l'ouvrit distraitement, mais à peine eut-elle lu les premières lignes que son visage blêmit ; elle dut s'appuyer pour ne pas tomber. S'ils étaient écrits par une main étrangère, les mots qu'elle avait sous les yeux se voulaient quand même de l'anglais :

Madame,
La présente pour vous informer que votre fils est entre nos mains dans un lieu très sûr. Il ne sera fait aucun mal à l'honorable jeune monsieur si vous obéissez aux ordres de vos bien dévoués. Nous exigeons pour lui une rançon de dix mille livres anglaises. Si vous parlez au propriétaire de l'hôtel, à la police, ou autre personne de ce genre, votre fils sera tué. Ceci vous est donné pour réfléchir. Demain, des instructions en vue de payer l'argent seront données. Si vous n'obéissez pas, les oreilles de l'honorable jeune monsieur seront coupées et envoyées à vous. Et le jour suivant, si vous n'avez toujours pas obéi, il sera tué. Ce n'est pas une menace en l'air. Que la Kyria réfléchisse bien et, surtout, qu'elle se taise.
Demetrius au Front Bas

Il serait vain de décrire l'état d'esprit de la pauvre femme, l'affreux sentiment de danger qui l'étreignit à la lecture de ces phrases, en dépit de leur tournure grotesque et enfantine. Willard, son garçon, son amour, son sérieux, son fragile Willard...

Il fallait tout de suite avertir la police, donner l'alarme. Mais peut-être, si elle faisait cela... Elle frissonna. Puis elle se reprit, et sortit de sa chambre à la recherche du propriétaire de l'hôtel, la seule personne parlant anglais ici.

— Il est tard, dit-elle. Et mon fils n'est pas encore rentré.

L'aimable petit homme lui adressa un grand sourire.

— C'est exact. Monsieur a renvoyé les mules. Il souhaitait rentrer à pied. Il devrait être là à l'heure qu'il est, mais il a sûrement dû flâner en chemin, conclut-il avec un sourire guilleret.

— Dites-moi, demanda tout à trac Mrs Peters, y a-t-il des personnes louches dans les environs ?

« Louche » dépassait les compétences en anglais du petit homme. Mrs Peters précisa son propos et reçut en retour l'assurance qu'à Delphes et alentour les gens étaient tous très honnêtes, très tranquilles, tous très bien disposés envers les étrangers.

Les mots tremblaient au bord de ses lèvres, mais elle les ravala. La menace sinistre l'empêcha d'en dire plus. Ce n'était peut-être que du bluff. Mais dans le cas contraire... Une de ses amies, aux Etats-Unis, avait eu un enfant kidnappé. Elle avait prévenu la police et il avait été tué. De telles choses existaient.

Elle était au bord de l'hystérie. Que faire ? Dix mille livres, cela faisait quoi ? — quarante, cinquante mille dollars ? Est-ce que cela comptait par rapport à la vie de Willard ? Mais où trouver une telle somme ? C'était déjà d'interminables difficultés pour retirer de l'argent liquide en ce moment. Une lettre de crédit de quelques centaines de livres, c'était là tout ce dont elle pouvait disposer.

Les bandits comprendraient-ils ? Sauraient-ils se montrer raisonnables ? Auraient-ils la patience d'*attendre* ? Quand sa femme de chambre se présenta, elle la renvoya brutalement. Puis une clochette annonça le dîner et la malheureuse s'en fut comme un automate jusqu'à la salle de restaurant. Elle mangea mécaniquement, sans rien voir. La salle aurait pu être vide, elle ne l'aurait même pas remarqué !

En même temps que les fruits, on déposa un billet devant elle. Elle tressaillit, mais non, l'écriture n'avait rien de commun avec celle qu'elle avait redouté de voir. Une écriture nette d'Anglais instruit. Elle l'ouvrit sans conviction, mais le contenu l'intrigua :

A Delphes, on ne peut plus consulter l'Oracle, mais il est loisible de consulter Mr Parker Pyne.

Sous ces quelques mots était épinglée une coupure de presse, une petite annonce, et au bas de la feuille on avait attaché une photo d'identité. Mrs Peters reconnut le visage de son compagnon du matin.

Elle lut deux fois le texte de l'annonce :

Heureux ? Y avait-il jamais eu quelqu'un d'aussi *mal*heureux ?

C'était comme une réponse à ses prières. Sur une feuille de papier qu'elle trouva dans son sac, elle griffonna à la hâte :

S'il vous plaît, aidez-moi. Voulez-vous me retrouver dans dix minutes à l'extérieur de l'hôtel ?

Elle glissa le mot dans une enveloppe et demanda au serveur de la remettre au monsieur attablé près de la fenêtre. Dix minutes plus tard, enveloppée d'un manteau de fourrure car la nuit était glaciale, Mrs Peters sortit de l'hôtel et s'éloigna à pas lents sur la route des ruines. Mr Parker Pyne l'attendait.

— Grâce au ciel, vous êtes là, dit Mrs Peters dans un souffle Mais comment avez-vous deviné la terrible situation dans laquelle je me trouve ? Vraiment, j'aimerais le savoir.

— Le comportement humain, ma chère madame, dit doucement Mr Parker Pyne. J'ai tout de suite su que *quelque chose* était arrivé mais quoi exactement, vous allez me l'apprendre.

Mrs Peters lui révéla tout d'une seule traite. Elle lui tendit la lettre qu'il parcourut à la lumière de sa lampe de poche.

— Je vois, dit-il. Un document singulier. On ne peut plus singulier. Il y a certains détails...

Mais Mrs Peters n'était pas d'humeur à écouter une discussion de détails. Que devait-elle faire pour Willard ? Son garçon chéri, son délicat Willard.

Mr Parker Pyne fut rassurant. Il lui fit un tableau souriant des coutumes criminelles en Grèce. Les bandits prendraient grand soin de leur otage puisqu'il représentait une mine d'or pour eux. Peu à peu, il parvint à la calmer.

— Mais que dois-je *faire* ? gémit Mrs Peters.

— Attendre jusqu'à demain, dit Mr Parker Pyne. A moins que vous ne souhaitiez vous rendre directement à la police.

Mrs Peters l'interrompit d'un cri de frayeur. Son Willard adoré serait tué sur-le-champ.

— Vous pensez que je le retrouverai vivant ?

— Sans aucun doute, la réconforta Mr Parker Pyne. La seule question est de savoir si vous pouvez le récupérer sans payer dix mille livres.

— Tout ce que je veux, c'est mon fils !

— Oui, oui, bien sûr, dit Mr Parker Pyne conciliant. Mais au fait, qui a apporté la lettre ?

— Un homme inconnu du propriétaire. Un étranger.

— Ah ! Voilà une piste. On pourrait peut-être suivre celui qui apportera la lettre demain. Qu'allez-vous dire à l'hôtel à propos de l'absence de votre fils ?

— Je n'y ai pas pensé.

— Je me demande... (Mr Parker Pyne réfléchit.) Je pense que vous pourriez tout à fait normalement montrer votre inquiétude. On pourrait organiser des recherches.

— Ne croyez-vous pas que ces monstres... ?

Sa voix s'étrangla.

— Non, non, tant que vous ne prononcez ni le mot kidnapping ni le mot rançon, ils ne feront rien de regrettable. Après tout, on ne peut pas s'attendre à ce que vous preniez la disparition de votre fils sans mot dire.

— Puis-je m'en remettre à vous ?

— C'est mon travail.

En reprenant le chemin de l'hôtel, ils manquèrent de heurter quelqu'un, une silhouette corpulente.

— Qui était-ce ? demanda Mr Parker Pyne, un peu rudement.
— Je crois que c'était Mr Thompson.
— Ah..., dit Mr Parker Pyne, l'air préoccupé. Vous croyez ? Thompson... tiens, tiens.

Mrs Peters alla se coucher. L'idée de Mr Parker Pyne était bonne. Celui qui apporterait la lettre était *forcément* en relation avec les bandits. Du coup, elle se sentit rassérénée et s'endormit bien plus vite qu'elle ne l'aurait imaginé.

Le lendemain matin, en s'habillant, elle aperçut soudain quelque chose sur le sol près de la fenêtre. Elle se pencha — et son cœur s'arrêta. La même écriture odieuse, la même enveloppe sale, qu'elle déchira d'une main tremblante.

Bonjour, madame. Avez vous réfléchi ? Votre fils est sain et sauf — jusqu'à présent. Mais il nous faut l'argent. Il n'est peut-être pas facile pour vous de trouver la somme mais on nous a dit que vous aviez avec vous un collier de diamants. Des très belles pierres. Il fera aussi bien l'affaire. Maintenant, attention à ce que vous devez faire. Vous ou la personne de votre choix doit prendre ce collier et l'apporter au Stade. De là, grimpez jusqu'à l'endroit où il y a un arbre près d'un gros rocher. Des yeux surveilleront et s'assureront qu'il y a une seule personne. Alors votre fils sera échangé contre le collier. Le rendez-vous sera demain matin, 6 heures, juste après le lever du soleil. Si, ensuite, vous lancez la police après nous, nous abattons votre fils quand votre voiture roule vers la gare.

C'est notre dernier mot, madame. S'il n'y a pas de collier demain matin, les oreilles de votre fils vous sont envoyées. Le jour suivant, il meurt.

Sincères salutations, madame,

Demetrius

Mrs Peters courut aussitôt trouver Mr Parker Pyne qui lut attentivement la lettre.
— Est-ce exact, à propos du collier de diamants ? fit-il.

— Absolument. Cent mille dollars, c'est ce qu'il a coûté à mon mari.
— Nos voleurs sont bien informés, murmura Mr Parker Pyne.
— Pardon ?
— Oh ! rien, je réfléchissais à certains aspects de l'affaire.
— Seigneur, Mr Pyne, nous n'avons pas de temps pour « réfléchir à des aspects » ! Je dois récupérer mon fils !
— Mais enfin, Mrs Peters, vous êtes une femme de caractère ! Franchement, cela vous plaît de vous faire dépouiller de cent mille dollars, comme ça ? Vous avez vraiment l'intention de remettre bien gentiment vos diamants à une bande de truands ?
— Evidemment, vu sous cet angle...
La mère et la femme de caractère s'affrontaient en Mrs Peters.
— Oh ! comme je voudrais qu'ils expient, les sales bêtes, les lâches ! A la seconde où je récupère mon fils, Mr Pyne, je lance toutes les polices des environs à leurs trousses, et tant pis si je dois louer une voiture blindée pour me rendre à la gare avec Willard !
La soif de vengeance empourprait Mrs Peters.
— Ou-oui, hésita Mr Parker Pyne. Voyez-vous, chère madame, j'ai bien peur qu'ils ne s'attendent à une telle réaction de votre part. Ils savent forcément qu'une fois Willard libéré, rien ne vous empêchera d'alerter tout le voisinage. On doit donc supposer qu'ils s'y sont préparés.
— Mais alors, que suggérez-vous ?
Mr Parker Pyne sourit :
— J'ai bien envie d'essayer un petit tour à ma façon.
D'un coup d'œil il s'assura que la salle à manger était vide et que les portes en étaient bien fermées.
— Mrs Peters, il y a un homme que je connais à Athènes — un bijoutier. Sa spécialité, c'est l'imitation de diamants — travail de première classe...
Sa voix se changea en murmure :
— Je vais lui téléphoner. Il peut venir ici cet après-midi avec un choix de pierres.
— Que voulez-vous dire ?

— Eh bien, il va extraire les vrais diamants et les remplacer par des faux.

— Ça alors, c'est la chose la plus astucieuse que j'aie jamais entendue ! s'écria Mrs Peters en levant sur lui des yeux admiratifs.

— Chut ! Pas si fort. Puis-je vous demander quelque chose ?

— Certainement.

— Assurez-vous que personne n'approche pendant que je téléphonerai.

Mrs Peters acquiesça. Le téléphone était dans le bureau du directeur. Ce dernier, après avoir aidé Mr Parker Pyne à obtenir son numéro, se retira obligeamment. Dans le hall, il croisa Mrs Peters.

— J'attends Mr Parker Pyne, dit-elle. Nous allons faire une promenade.

— Oh, très bien, madame.

Mr Thompson se trouvait également dans le hall. Il vint vers eux et entreprit le directeur.

Y avait-il des villas à louer à Delphes ? Non ? Mais celle qui se trouvait derrière l'hôtel ?

— Celle-là appartient à un gentleman grec, monsieur. Il ne la loue pas.

— Et il n'y en a pas d'autres ?

— Il y en a une qui appartient à une Américaine, de l'autre côté du village. Elle est fermée pour le moment. Et une autre qui appartient à un gentleman anglais, un artiste. Celle-là se trouve sur la falaise qui surplombe Itea.

Mrs Peters les interrompit. La nature l'avait dotée d'une voix sonore : pour le coup, elle la fit retentir.

— Comme j'aimerais avoir une villa ici ! dit-elle. Le cadre est si beau, si naturel ! Je suis vraiment folle de cet endroit. Pas vous, Mr Thompson ? Mais si, bien sûr, puisque vous cherchez une villa. Est-ce la première fois que vous venez ici ? Non, vraiment ?

Elle continua ainsi sans faiblir jusqu'à ce que Mr Parker Pyne émerge du bureau avec un furtif sourire d'intelligence à son intention.

Mr Thompson descendit lentement les marches du perron et rejoignit sur la route mère et fille aux grands airs qui semblaient savourer la fraîcheur du vent sur leurs bras nus.

Tout se passa bien. Le bijoutier arriva juste avant le dîner avec un car empli de touristes. Mrs Peters lui apporta le collier dans sa chambre. Il eut un grognement approbateur, puis il dit en français :

— *Madame peut être tranquille. Je réussirai.*

Il extirpa quelques outils de sa sacoche et se mit à l'ouvrage.

A 23 heures, Mr Parker Pyne frappa à la porte de Mrs Peters.

— Et voilà ! dit-il en lui tendant un petit sac en peau de chamois.

Elle y jeta un œil.

— Mes diamants !

— Chut. Et voilà les faux. Beau travail, non ?

— Tout bonnement remarquable.

— Oui. Aristopoulos est un homme adroit, un expert.

— Mais vous ne pensez pas qu'ils vont se douter de quelque chose ?

— Mais non, pourquoi ? Ils savent que vous avez ce collier. Vous le leur donnez. Comment pourraient-ils deviner la supercherie ?

— C'est vraiment un travail remarquable, répéta Mrs Peters en lui rendant le collier. Pouvez-vous le leur remettre ? N'est-ce pas trop vous demander ?

— J'en fais mon affaire. Donnez-moi seulement la lettre avec les instructions. Merci. Et maintenant, bonne nuit et tâchez d'avoir du cran. Votre fils prendra le petit déjeuner avec vous demain matin.

— Oh ! Puissiez-vous dire vrai !

— Ne vous inquiétez plus de rien. Laissez-moi faire.

Mrs Peters ne passa pas une bonne nuit. Dès qu'elle s'endormait, elle était assaillie de rêves abominables. Des rêves où des bandits armés dans des voitures blindées faisaient feu de toute part sur Willard qui dévalait la montagne en pyjama.

Elle fut heureuse de se réveiller. Les premières lueurs de l'aube parurent enfin. Mrs Peters se leva, s'habilla et attendit sur une chaise. A 7 heures, on frappa à la porte. Elle avait la gorge si serrée que c'est à peine si elle put parler.

— Entrez, dit-elle.

La porte s'ouvrit et Mr Thompson entra. Elle le regarda bouche bée. Les mots lui manquèrent. Elle était sous l'emprise d'un sinistre pressentiment. Pourtant, lorsqu'il se mit à parler, sa voix était tout à fait normale. C'était une voix pleine et agréable.

— Bonjour, Mrs Peters, dit-il.
— Comment osez-vous, monsieur ? Comment osez-vous...
— Il faut que vous me pardonniez cette visite à une heure aussi incongrue, dit Mr Thompson. C'est que, voyez-vous, j'ai une affaire à régler.

Mrs Peters le foudroya d'un regard accusateur.

— Alors c'était vous qui aviez kidnappé mon fils ! Ce n'étaient pas du tout des bandits !
— Des bandits, non, sûrement pas ! Bâclée, cette partie du scénario, si vous voulez mon avis. Dépourvue de tout sens artistique, pour ne pas porter un jugement plus sévère.

Mais Mrs Peters n'avait qu'une idée en tête.

— Où est mon fils ? rugit-elle, les yeux flamboyant de colère.
— Eh bien, dit Mr Thompson, puisque vous le demandez... Il est juste derrière la porte.
— Willard !

La porte s'ouvrit. Willard, pâle, binoclard et mal rasé, tomba dans les bras de sa mère sous le regard bienveillant de Mr Thompson.

— Tout de même, dit soudain Mrs Peters recouvrant ses esprits et se tournant vers lui, je vous mettrai la justice sur le dos. Ça, comptez sur moi !
— Vous n'y êtes pas du tout, mère, dit Willard. Ce monsieur m'a délivré.
— Mais où étais-tu ?
— Dans une maison en haut de la falaise, pas loin d'ici.
— Au fait, permettez-moi, Mrs Peters, dit Mr Thompson, de vous rendre votre bien.

Il lui tendit un petit paquet mal enveloppé de papier de soie. L'emballage se défit, laissant apparaître le collier de diamants.

— Inutile d'attacher trop de prix à l'autre petit sac de pierres, Mrs Peters, dit Mr Thompson en souriant. Les vrais diamants sont toujours sur le collier. Le sac en chamois, lui, contient de très jolis faux. Comme le disait votre ami, Aristopoulos est un expert.

— Je ne comprends rien à tout cela, dit Mrs Peters d'une voix faible.

— Essayez plutôt de voir les choses de mon point de vue, dit Mr Thompson. C'est un nom en particulier qui a attiré mon attention. J'ai pris la liberté de vous suivre sur la route, vous et votre ami grassouillet, et j'ai écouté — je l'avoue — votre captivante conversation. Je l'ai trouvée tellement instructive que j'ai mis le propriétaire dans la confidence. Il a relevé le numéro de téléphone composé par votre ami aux belles paroles et il s'est arrangé pour qu'un serveur entende la conversation que vous avez eue, ce matin, dans la salle à manger.

» Toute la combine devenait claire. Vous étiez la victime de deux adroits voleurs de bijoux. Ils savent tout sur vos diamants, ils vous suivent jusqu'ici, ils kidnappent votre fils et imaginent cette « lettre de bandits » assez ridicule, et puis ils s'arrangent pour que vous vous confiiez à l'un d'eux, l'instigateur du complot.

» Ensuite, c'est très simple. Le bon gentleman vous donne un sac de faux diamants et file avec son complice. Ce matin, en ne voyant pas votre fils apparaître, vous auriez paniqué. L'absence de votre ami vous aurait donné à penser qu'il avait été lui aussi kidnappé. Je suppose qu'ils s'étaient arrangés pour que quelqu'un se rende demain à la villa. Cette personne aurait découvert votre fils, mais le temps que vous confrontiez vos récits et commenciez à entrevoir la vérité, les scélérats auraient pris le large avec une bonne longueur d'avance.

— Et maintenant où sont-ils ?

— Oh, maintenant, ils sont bien à l'abri, sous les verrous. J'y ai veillé.

— Le scélérat ! s'écria Mrs Peters, se rappelant avec colère la confiance avec laquelle elle lui avait parlé. La répugnante crapule !

— Ce n'était pas du tout un individu recommandable, en effet, dit Mr Thompson.

— Mais qu'est-ce qui vous a mis sur la piste ? Je

ne comprends pas, dit Willard d'un air admiratif. C'est vraiment fort de votre part !

L'autre secoua modestement la tête.

— Absolument pas, dit-il. Quand vous voyagez incognito et que vous entendez invoquer votre nom...

Mrs Peters le dévisageait avec intensité.

— Qui êtes-vous ? lui demanda-t-elle brusquement.

— *Je suis Mr Parker Pyne*, répondit le gentleman.

Table

L'épouse mûrissante	5
L'officier en retraite	21
Une jeune femme aux abois	40
Le mari mécontent	52
L'employé de bureau	68
Le cas de la femme richissime	83
Êtes-vous sûre qu'il ne vous manque rien	99
La porte de Bagdad	114
La maison de Chiraz	131
La perle de grand prix	146
Mort sur le Nil	160
L'oracle de Delphes	176

Composition réalisée par JOUVE

IMPRIMÉ EN FRANCE PAR BRODARD ET TAUPIN
La Flèche (Sarthe).
Imp. : 31207 – Edit. : 62620 - 08/2005
ISBN : 2 - 7024 - 2265 - 9
Édition : 05